CW01021138

FOLIO SCIENCE-FICTION

Thomas Day

La Voie
du Sabre

Gallimard

Né en 1971, Thomas Day vit à Paris quand il ne voyage pas aux quatre coins du monde. Il s'est imposé en quelques années comme l'un des auteurs les plus passionnants de l'imaginaire francophone, au fil d'une cinquantaine de nouvelles et d'une poignée de romans qui tous se caractérisent par une propension avouée au mélange des genres : de *Rêves de guerre* à *L'instinct de l'équarrisseur*, pastiche décalé du Sherlock Holmes de Conan Doyle, en passant par *L'école des assassins*, premier manga sans image de l'histoire de la littérature écrit en collaboration avec Ugo Bellagamba.

Thomas Day a par ailleurs écrit la novellisation du film *Resident Evil*.

*Pour Irène, qui aime les chemins
de traverse et arpente sa voie quand
d'autres ne cessent de passer à côté...*

Avant-propos

La Voie du Sabre est un roman situé dans un Japon qui ne fut jamais, un Japon où la magie existe, où l'empereur est un dragon à la longévité exemplaire. Les structures sociétales, les concepts religieux et la géographie décrits dans ce roman relèvent de la pure *fantasy* ; néanmoins ce livre est centré autour d'un personnage historique : Miyamoto Musashi.

Le monde moderne connaît Musashi principalement pour son livre *Gorin-No-Sho*[1], *Le livre des cinq anneaux* (ou *Le traité des cinq roues* ou *Écrits sur les cinq éléments*, selon les traductions) où il formule sa propre philosophie, celle de la « Voie du Sabre », chère à la stratégie économique moderne. Les gros lecteurs ont sans doute lu ou entendu parler des deux livres de Eiji Yoshikawa,

---

1. Une bibliographie commentée se trouve en fin de volume. Elle reprend tous les ouvrages cités dans cet avant-propos, ainsi que d'autres ouvrages sur le Japon et les samouraïs.

La pierre et le sabre, *La parfaite lumière* (Balland ; J'ai Lu) qui mettent en scène la vie réelle de Musashi (bien que romancées, il s'agit d'œuvres qui se veulent historiques). Quant aux cinéphiles impénitents, ils auront sans doute jeté un œil à la trilogie d'Hiroshi Inagaki *Samourai*[1] (disponible en DVD, The Criterion Collection), avec Toshiro Mifune dans le rôle de Miyamoto Musashi.

Retracer l'existence réelle de Musashi est impossible, car les documents concernant sa vie ne nous permettent que d'émettre des suppositions quant à sa date de naissance et de suivre une partie de son itinéraire à travers le Japon du XVIIᵉ siècle.

Si on en croit Victor Harris dans l'introduction de l'édition Allison & Busby (1974) du *Gorin-No-Sho*, Miyamoto Musashi serait né en 1584 dans le village de Miyamoto, dans la province de Mimasaka.

Les ancêtres de Musashi étaient une branche du puissant clan Harima, à Kyushu, l'île méridionale du Japon. Son grand-père, Hirada Shokan, faisait partie de la suite de Shinmen Iga No Kami Sudeshige, seigneur du château de Takeyama.

Toujours selon Victor Harris, Musashi perd son père à l'âge de sept ans (ou est abandonné). Il se voit alors confié à un oncle du côté de sa mère, un moine. C'est un enfant de grande taille, turbulent.

1. Une filmographie commentée se trouve en fin de volume.

Il fait sa première victime à treize ans, tuant un samouraï — Arima Kihei — d'un coup de bâton à la tête. À seize ans il gagne un deuxième combat, puis n'arrête plus de livrer des duels, jusqu'à l'âge de cinquante ans. Il participe à six guerres, dont la bataille de Seki Ga Hara où, se battant du côté des vaincus, il survit à un massacre qui durera trois jours et verra la mort de soixante-dix mille hommes.

Victor Harris revient comme tant d'autres sur le manque d'hygiène du personnage qui ne se baignait jamais et était — même pour un *rônin**[1] — d'allure bien pitoyable. Mais aussi sur sa fourberie (ou ruse, selon que l'on fasse partie de ses amis ou de ses ennemis). Ainsi, sachant un de ses adversaires peu enclin à la patience, Musashi arriva en retard à un duel et brisa le crâne de l'impétueux avec un sabre de bois au premier assaut. On le vit aussi tuer un enfant de moins de quatorze ans qui l'avait provoqué en duel ; il se posta dans des fourrés, surgit, abattit l'enfant et s'enfuit (quel courage !) pour ne pas avoir à se frotter à la suite de sa victime. À cette époque, il est déjà une légende.

Son duel le plus célèbre est sans doute ce que l'on appellera « l'épisode de la rame ». Nous sommes en 1612, Musashi a provoqué en duel Sasaki Kôjirô, spécialiste du Tsubamegaeshi, « riposte de l'hirondelle ». Le duel doit avoir lieu sur une petite île à huit heures du matin. Heure à laquelle on

1. Le lecteur trouvera une définition des mots suivis d'un astérisque dans un glossaire en fin de volume.

réveille Musashi, parti dormir chez Kobayashi Taro Zaemon. Il se lève, boit l'eau destinée à sa toilette et alors qu'on le conduit en barque jusqu'à l'île, il se taille un sabre de bois dans une rame et se noue une serviette autour de la tête. Une fois arrivé, il jaillit de l'embarcation avec sa rame, se rue sur son adversaire et lui fracasse le crâne avant de s'enfuir. On imagine mal pire déshonneur pour un noble maître du sabre que de se voir renvoyé chez ses ancêtres par un rônin coiffé d'une serviette, puant et armé d'un bout de rame.

Entre 1615 (où il livre à nouveau bataille contre Ieyasu, durant le siège du château d'Osaka) et 1634 où il découvre, selon ses propres écrits, la stratégie, on ne sait pas grand-chose de sa vie. En 1638, il combat les chrétiens lors de la révolte de Shimabara — il a cinquante-cinq ans. Après six années passées à enseigner et peindre sous la protection du seigneur Chûri, il se retire en ermite dans une grotte, où il écrit le *Gorin-No-Sho*, nous sommes en 1643. Il meurt en 1645, laissant derrière lui une œuvre de peintre et de calligraphe stupéfiante, un livre célèbre dans le monde entier et un surnom : « Kensei », *le saint au sabre*.

« Lorsque vous aurez atteint la Voie de la Stratégie, vous comprendrez tout, sans exception. »

MIYAMOTO MUSASHI

Je me prénomme Mikédi comme mon grand-père paternel ; je suis le fils du Seigneur Nakamura Ito et de la noble dame Suki originaire de la petite ville de Kawanoe, sur la côte orientale du Poisson-Chat Kyushu.

J'ai vu le jour sous les premiers bourgeons de cerisier de l'année du serpent bicéphale. Cette année-là, l'Empereur-Dragon Tokugawa Oshone venait de fêter sa cent soixante-huitième année de règne. Je suis né le jour même de sa victoire éclatante sur l'envahisseur portugais, le 7 mars 1614 si je me réfère au calendrier de ces barbares, exactement trente-huit jours et deux mille cent soixante-dix-sept ans après la naissance du prince Siddhartha Gautama qui devint notre Bouddha.

Au moment où je trace sur la feuille ces kana* qui précèdent le début réel de mon récit, je n'ai pas encore trente ans, et je sais pertinemment que je ne les atteindrai jamais. Je demeure dans une des mille cavernes qui percent les flancs des monts veillant sur la petite ville de Nagano. Là, dans ce qui fut le dernier foyer de mon maître, je vis dans les regrets, l'amertume et le dénuement ; je ne possède que quelques rouleaux vierges, une grande bouteille d'encre de Shô, une couverture, un sac de riz, un peu de bois pour faire du feu, un briquet portugais, un calendrier impérial, quelques cônes d'encens et quelques bougies.

La lumière de ma bougie caresse le poison rouge que j'utilise comme encre. Je ne pourrai me résoudre à le boire tant que je n'aurai pas fini de confesser sur rouleaux l'ampleur de ma trahison et sa totale inutilité.

Au fil des jours passés au milieu des hommes, j'ai parcouru les routes et chemins des Poissons-Chats Honshu, Shikoku, Hokkaidô, Kyushu, je suis allé en Europe, sur le Continent-Éléphant, en Corée, j'ai vu mourir de nombreuses personnes, en naître presque autant. J'ai travaillé dans le Palais des Saveurs et j'ai passé deux années merveilleuses dans la Pagode du Plaisir. Dans chacun de ces endroits, je me suis montré doué, apprenant les arts avec une rapidité surnaturelle, qu'ils fussent ceux de l'amour, de la chère ou du sabre. J'ai connu dix fois plus d'aventures que la plupart des samouraïs, dix fois moins cependant que celui qui fut mon maître. Et c'est bien de cet homme qu'il sera principalement question au fil de ce récit. De ce guerrier aux pouvoirs inconnus qui essaya de me guider sur la Voie du Sabre.

Et qui échoua.

Dans le grain de la feuille, là où le pinceau caresse, là où le récit prend forme, par-delà l'odeur piquante et marine de l'encre écarlate que boit le

18

papier, je retrouve la sonorité caractéristique des pas de mon maître. C'est un tigre avançant parmi les hommes. Un fauve affamé qui, à l'époque de notre première rencontre, ne connaissait plus la peur ni l'humilité, prisonnier des mille contes qu'il avait involontairement enfantés. Prisonnier de sa légende, à tout jamais.

Il approche.

Ses pas sont comme des boules de soie qui rebondissent sur un tatami. Son nom occupe tout mon esprit, dans le cauchemar et le rêve, dans la lumière du jour et son halo de pollens, dans l'éblouissement que nous offre la première et la dernière neige. Je vois sa silhouette tapie dans chaque ombre. J'entends son murmure dès que le vent souffle et pénètre mon ermitage. Et maintenant, une certitude m'envahit et me berce comme l'odeur de la mort s'imposant après la bataille : mes derniers mots prononcés seront ceux qui forment son nom...

Miyamoto Musashi.

PREMIER ROULEAU

LES CENDRES DE L'ENFANCE

1

L'étranger arriva à la forteresse du clan Nakamura par la route du sud-ouest. Le jour naissant couvrait l'horizon de poudre d'or et de copeaux de cuivre, et le vent matinal, chargé de fleurs de cerisier, déchirait le ciel comme mille ailes de papillon, arrachées, dans lesquelles avaient été s'emprisonner les lueurs saumonées d'une aube à l'agonie.

Je me souviens bien de ce printemps-là. J'avais alors douze ans et je venais de fêter, seul, mon anniversaire. L'éducation que j'avais reçue condamnait de telles célébrations, jugées vulgaires, liées à des croyances dépassées et dangereuses, susceptibles d'affaiblir un fils aîné, ce garçon appelé à devenir le prochain seigneur du fief et donc à avoir droit de vie et de mort sur ses milliers de sujets. Moi.

À cette époque, n'étant pas en âge de me marier, je ne vivais pas dans la même partie de la forteresse que mon père, un propriétaire riche de 124 000 *koku**, dont le nom, Nakamura Ito, était craint par plus de sept mille sujets. Mon père était un seigneur de la guerre relativement isolé, que les seigneurs voisins, plus attachés aux traditions de l'Empire, jugeaient peu respectable. Il avait rédigé un rouleau sur l'importance d'être moderne et l'importance des découvertes scientifiques européennes et chinoises.

Turbulent et d'une grande insolence, je passais la majeure partie de mon temps au milieu des concubines et des autres enfants de mon père. À cause des différences d'âge et de mon statut de futur chef de clan, je n'avais aucun véritable camarade de jeu, juste des inférieurs que je martyrisais chaque fois que j'en avais l'occasion.

À l'âge pourtant avancé de douze ans, je n'avais vu mon père que cinq fois, tout au plus. Pendant mes deux premières années, si j'en crois Suki — la concubine préférée de mon père — jamais il ne posa la main sur moi, jamais il ne s'intéressa à ma croissance ou à ma santé. Pendant longtemps, je liais son attitude à la laideur de mon visage ; si grande que beaucoup me considéraient comme une sorte de monstre. Suki avait l'habitude de me surnommer « *Oni** ». Mais comme j'avais, par ailleurs, vu mon père s'attacher à des courtisanes d'une laideur peu commune, j'en avais déduit que mon apparence ne guidait en rien son attitude distante. Occupé par ses affaires, il avait probablement décidé de consacrer le minimum de temps à ses enfants, son aîné y compris.

Alors que l'étranger venu du sud-ouest traversait les faubourgs pauvres de la forteresse et que j'ignorais encore tout de son arrivée, je me trouvais au bain, fasciné par le corps nu des concubines. Notamment celui de Suki — la plus belle. À l'époque je ne savais pas qui était ma mère, et dans ma cervelle d'enfant toujours prompt aux rêveries les plus insensées, Suki devait devenir ma femme à la mort de mon père. Même aujourd'hui, alors que dix-huit années me séparent de cette époque-là, je me souviens parfaitement des concubines, de leurs prénoms, des appartements qui leur étaient alloués. Leur présence et leurs attentions permanentes avaient fait de mon enfance un de ces pays des merveilles que toute sa vie durant on regrette encore et encore. Je ne peux oublier leurs jeux, ni combien je les trouvais alors bien innocents ; tout en riant, elles me lavaient et tétaient mon sexe à tour de rôle, se plaignant entre deux gloussements de sa mollesse et de son aridité. Parfois elles me déguisaient en fille ou guidaient ma main dans leur buisson tiède et fendu.

Mon père avait plus d'une vingtaine de concubines, dont il semblait profiter assez peu. Il avait toujours refusé de se marier, espérant que l'Empereur-Dragon lui confierait un jour le destin de sa fille Nâga, dont il faudrait tôt ou tard lisser les écailles, féconder le ventre caparaçonné. Un exploit qu'aucun seigneur de la guerre n'avait encore été invité à réaliser. Malgré ses cinquante ans passés, l'Impératrice-Fille n'était toujours pas en mesure de procréer ; elle avait l'âge terne et le ventre sec. Depuis quelques années, l'Empire souffrait d'une pénurie d'encre de Shô — l'aliment nécessaire à la maturation sexuelle de la caste impériale. Une pénurie cruelle, affectant la santé de l'Impératrice-Fille, dont les écailles commençaient à tomber ; une véritable malédiction pour cette jeune souveraine pas encore nubile. La situation exaspérait l'Empereur au plus haut point. Il avait promis des charges de samouraïs à des dizaines de rônin afin que ces derniers parcourent les cinq cents seigneuries et exigent une partie de l'impôt annuel sous forme d'encre de Shô. La *Metsuke** signalait à l'Empereur chaque village producteur, les quantités récoltées, celles versées sous forme d'impôts et celles mises en vente. Ainsi, cette police secrète était détournée de son rôle premier : surveiller les cinq cents seigneurs, rapporter une fois par semaine les risques de guerre, de trahison, d'union, d'assassinats politiques et archiver aussi tous les mariages, les naissances et les décès.

Je sortais du bain quand j'entendis croasser le vieux fou du fort Nakamura, le passe-douleur de mon père. Curieux, enveloppé dans un tombant de soie plissé, j'approchai d'une fenêtre. Le vieillard se tenait dans la grande cour de la forteresse où il improvisait une chanson de médiocre mélodie qu'il scandait au rythme de ses sandales frappant la poussière. Ses rimes atroces, qui avaient interrompu mes rêveries d'intimité féminine et de poitrines alourdies par les années d'allaitement, annonçaient l'arrivée d'un homme sale, dénué d'humilité.

Comme pour répondre à cette invitation, les concubines quittèrent les baquets d'eau brûlante dans lesquels elles se détendaient à tour de rôle. Elles avaient l'habitude d'y jeter des pierres de lave à l'aide de pinces de métal, dans le but d'alimenter la température atroce que nécessitaient leur bien-être et leur propreté — sacrés.

Intrigué, je suivis le flot de kimonos, de sandales et de coiffes décorées de fleurs. Nous étions tous emportés par une curiosité contagieuse, digne d'une tornade. Une occasion de se distraire, de briser l'ennui quotidien qui planait, à cette époque, au-dessus de la forteresse.

2

L'étranger se révéla bien plus sale que ce que le vieux fou nous avait laissé supposer par son chant et des pas de danse imitant, sans talent, les *sumô-tori**. Je me souviens bien de cette danse et de son comique involontaire, main sur le genou propulsé à hauteur de hanche, puis pied frappant la terre, encore et encore, le tout ressemblant à l'agonie d'un canard à rouages. À l'époque, j'étais obsédé par ces dieux de la lutte qui ébranlent les contrées le l'ouest, le sommet du mont Fuji et les profondeurs sacrées du Poisson-Chat Honshu. Leur puissance me fascinait, desséchait ma bouche, sollicitait mes sens. Je rêvais des sumôtori qu'on accouplait aux plus belles reproductrices, car j'ignorais tout des magiciens venus de l'Empire de Qin, des monstres de Shô, des *tengu** et autres lézards géants.

Les cheveux de l'étranger étaient collés par mèches entières, grises de crasse. Sa puanteur m'atteignit et pourtant je me tenais au moins à quatre pas. Malgré toutes ces années de voyages et d'aventures, je revois clairement le charbon de ses yeux, ses sourcils épais ressemblant à de méchantes chenilles, sa barbe clairsemée qui entourait des lèvres massacrées par la soif et la faim, sa grande taille, presque anormale.

Je crus qu'il s'agissait d'un rônin comme tant d'autres, déchu de sa fière charge de samouraï, privé de terres et à la recherche d'un seigneur susceptible de lui offrir du travail. Comment aurais-je pu deviner, en le voyant pour la première fois de ma vie, que cet homme d'apparence si misérable allait devenir mon maître ?

Dans l'entrée de la forteresse, gardée par des lions de feu qu'un ancien sortilège avait pétrifiés, le rônin fit quelques pas de danse, grotesques. Il cria comme un démon, jeta son sac dans un parterre et brandit bien haut son bâton. Il défia les concubines, ce qui les fit rire. Il défia le vieux porteur d'eau qui officiait à l'entrée, trop âgé pour monter plus avant dans les couloirs, jardins et *torii** de la forteresse. Puis il défia la troupe d'archers de faction, leur assurant que d'un seul coup de bâton il pouvait bloquer ou briser une volée de flèches dont il serait la cible. Avec sa brusquerie et sa malséance, il détournait les gens de leur occupation habituelle. Que ce soit les archers ou les concubines, mais aussi les calligraphes, les estampiers, occupés d'habitude, et ce de l'aube au crépuscule, à rendre hommage aux hauts faits de guerre de leur seigneur. L'étranger dérangea tant le petit monde de Nakamura qu'une troupe de samouraïs descendit des hauts lieux de la forteresse pour le rosser. Comme les nobles guerriers de mon père prenaient place autour de lui, l'étranger proposa des paris. Il sortit de son vêtement un *soro-ban*** dont il fit glisser les boules de droite à gauche pour compter. Une telle mise en scène, qui tenait plus du théâtre comique que du *Bushidô***, fit rire jusqu'aux larmes certaines des concubines. Il me donna l'impression d'être idiot et fou. J'avais tort. Il était fou, certes, mais sa folie possédait une logique particulière. Et il était aussi éloigné d'un idiot qu'on puisse l'être.

L'étranger se disait en possession de trésors venus des quatre coins du Poisson-Chat Honshu. Il montra un superbe *katana*** à la ligne de trempe d'une profonde originalité, aux décorations bucoliques. Une arme qui, ce jour-là, me sembla de grande qualité, rare à n'en point douter, unique peut-être. Une arme qu'il m'avait suffi d'entrapercevoir pour vouloir la posséder. Je voulais ce katana-là, et aucun autre.

L'étranger mit ce sabre en jeu contre de la nourriture, le gîte, et la possibilité de se faire laver. Il n'avait pas parlé de se laver lui-même et j'imaginai qu'en cas de victoire une ou plusieurs femmes devraient s'occuper de lui, le nettoyer, le masser, le parfumer. Avec les années, je dois reconnaître que je n'ai jamais rencontré homme plus attentif aux femmes que celui-ci.

Un des plus jeunes samouraïs de mon père releva le défi. La lutte se jouerait dans les règles du *ken-jutsu***, par assauts successifs. En dansant autour des combattants, le vieux passe-douleur de mon père acheva d'attirer le maximum de spectateurs.

Le jeune samouraï se moqua du rônin :

« Si je perds, dit-il en riant comme s'il excluait purement et simplement cette possibilité, c'est ma femme qui te nettoiera et te massera toute la nuit.

— Tu n'as pas l'humilité qui sied au samouraï », annonça le crasseux en regardant son adversaire à la propreté parfaite, qui se contenta de lui répondre en souriant.

En haut des remparts, les archers avaient abandonné leur guet pour observer la scène. Un grave manquement à leur devoir envers mon père, car l'étranger aurait pu très bien être là pour faire diversion.

Un des plus vieux samouraïs de mon père, Kaitsu, me prit sur ses épaules pour que je puisse contempler la défaite annoncée du rônin. Cet homme, qui n'avait jamais eu d'enfants — une cruauté des dieux —, avait toujours passé beaucoup de temps avec moi. J'allais jusqu'à le considérer comme mon second père.

Les deux adversaires se saluèrent, mais à aucun moment l'étranger ne quitta des yeux celui qui lui faisait face. Ma mémoire ne me trompe pas, et je me souviens avoir dit à Kaitsu : « Je trouve ce jeune samouraï bien sûr de lui, face à un adversaire dont il ne sait que l'apparence. »

Kaitsu ne me répondit pas. Il observait. Il s'exerçait à deviner les forces et faiblesses de chacun des adversaires.

Avant que le samouraï de mon père ait levé son sabre d'entraînement, l'étranger avait réussi à le frapper au sommet du crâne, au niveau de la tonsure honorifique. Un coup si rapide, si puissant, que je le supposai mortel.

« Je suis Miyamoto Musashi, annonça l'étranger en faisant jaillir ses mots telle une cascade se fracassant de rocher en rocher, né Takezô, fils du samouraï Munisaï et de la noble dame Reiko. Je traverse villages et forteresses à la recherche de l'homme qui saura me désarmer, telle est ma malédiction. Ce n'est point celui-ci, me semble-t-il. »

Après avoir montré le samouraï à terre, il se tourna vers les concubines :

« Mais je pourrais tout aussi bien me mesurer à une femme... Je promets de frapper moins fort, à un endroit où la douleur sera moindre. »

Certaines rougirent, d'autres pouffèrent, d'autres encore, plus rares, l'insultèrent, en se moquant de l'odeur qu'il dégageait. Je ne comprenais que ces dernières. Cet étranger était si négligé, si prétentieux, si impoli et tellement joueur que je ne pouvais croire qu'il pût plaire à des dames aussi cultivées, aussi soignées que les concubines de mon père.

« Y a-t-il un autre samouraï qui veuille se mesurer à moi ? » demanda Musashi.

Un homme, Masao, répondit par l'affirmative... Puis un autre, et encore un autre.

Lorsque Musashi eut assommé sept des plus valeureux samouraïs de mon père, portant à huit le nombre de ses victimes en une matinée de temps, l'assistance commença à se lasser du spectacle. Il y avait bien longtemps que Shigeoru, le meilleur sabreur de la forteresse, avait échoué. Il était passé en troisième position et un coup de bâton lui avait arraché l'oreille gauche.

Quelques spectateurs bougèrent, probablement afin de retrouver leurs occupations habituelles. Mais ce mouvement flottant dans l'air, pas tout à fait entamé, cessa quand Kaitsu, officiant comme chef des archers, se souvint de l'offre du rônin : arrêter d'un coup de sabre une volée de flèches.

Figer le temps, en quelque sorte.

« Dix archers, dix flèches. Je les éviterai, arrêterai, dévierai de leur trajectoire ou briserai selon mon désir. À la première goutte de sang versé, j'aurai perdu. Et si je meurs, seulement si je meurs, mon sabre sera tien », annonça Musashi à Kaitsu.

Il y eut entre les deux hommes un échange de regards que maintenant seulement je suis capable de comprendre : une haine équivalente, respectueuse dans la forme, certes, mais néanmoins viscérale, animale. Une façon de considérer l'autre forcément étrangère au Bushidô.

Les archers acceptèrent le pari. Ils engagèrent certaines de leurs possessions : des bijoux, des armes, mais pas leurs femmes... Les spectateurs en oublièrent presque qu'une vie humaine était en jeu, une existence quasiment dénuée de valeur. La vie d'un rônin vaut bien moins que celle d'un cheval.

L'entrée de la forteresse fut dégagée de tout badaud susceptible de recevoir une flèche perdue. Les archers préparèrent leur matériel. Musashi se contenta d'ouvrir le long sac de toile contenant toutes ses possessions pour y prendre un sabre de bois. Je remarquai, et je ne fus pas le seul, que le sabre était en fort piteux état, abîmé de tout son long, à l'exception de l'endroit où les mains du rônin assurèrent leur prise.

Je compris alors qu'il fallait faire un choix. Soit regarder les archers décocher leur trait, essayer de suivre du regard la rapidité des flèches et contempler l'ampleur de la défaite ou de la réussite de Musashi. Soit ne pas le quitter des yeux, et perdre ainsi le spectacle de dix flèches jaillissant à l'unisson. Je savais que Kaitsu, grand spécialiste du *Kyûdô**, considérait l'arc comme l'arme idéale. Un lien entre la terre et le ciel. Et je fus étonné de m'apercevoir qu'il avait fait le même choix que moi : se consacrer uniquement à Musashi, à la mort qui lui était promise.

Comme je ne vis pas les flèches jaillir, je ne pus comprendre la logique du mouvement de rotation complexe effectué par le bâton. Néanmoins, les dix projectiles furent bloqués ou déviés, si vite que je crus voir trois bâtons. Musashi n'avait pas été blessé. Aucune goutte de sang n'avait nourri la terre à ses pieds. Sans effusion de joie, l'étranger avait remporté ce pari, qui fut son dernier à la forteresse du clan Nakamura.

Kaitsu se pencha alors vers moi et dit :

« L'intelligence d'un groupe est toujours plus faible que celle du meilleur de ses éléments. Aucun d'entre eux n'a pensé à viser ailleurs que directement sur le rônin.

— Pourquoi viser volontairement à côté ?

— Tu es jeune, Mikédi, mais souviens-toi de ceci : une flèche sacrifiée permet parfois à l'une des neuf autres de toucher la cible. Certains sacrifices sont nécessaires pour qui veut remporter la victoire. Il faut savoir décimer une armée vaincue, pour l'inciter à gagner la guerre suivante. »

Je ne le compris que bien plus tard, mais en gagnant contre ses samouraïs et ses archers avec autant de facilité, Musashi avait déshonoré mon père à un point qui aurait dû lui valoir la mort par décapitation.

Mais Nakamura Ito accordait plus d'importance à la politique qu'aux traditions. Son envergure réelle en termes de troupes, de puissance de feu, de forces navales, avait plus de valeur à ses yeux que l'image qu'il offrait aux autres seigneurs. Il se targuait d'être le premier seigneur de la guerre à avoir acheté des canons aux Portugais. Il avait mis au point un atelier de fabrication d'arquebuses où ses ouvriers coulaient et assemblaient dix pièces par lune. Et comme il n'était pas contrarié au point d'éliminer un grand guerrier avant d'avoir essayé de l'acheter, il lui proposa de boire le thé.

3

Je fus invité à assister à la cérémonie du thé.
Pour la sixième fois de ma vie, je me retrouvai en
présence de mon père. La cérémonie se déroulait
dans le grand jardin de la forteresse, une création
peu respectueuse de la tradition, d'une beauté infinie cependant. Il s'agissait de l'œuvre de mon
grand-père Mikédi, un homme extraordinaire,
visionnaire, que les crocs de l'hiver avaient déchiré
deux ans auparavant. Ce paysage de rochers gris,
d'arbres taillés, de buissons en forme de coussins,
entourait, soulignait un marécage couvert de lotus,
percé par trois îles. Un pont de bois, zigzaguant en
vagues pointues, reliait chacune de ces îles à la
forteresse. Les angles droits de ce pont, alliés aux
angles des rochers, aux rondeurs des végétaux, aux
couleurs des fleurs, conféraient à l'endroit des
contours oniriques. Chaque île accueillait un bâtiment : un temple pour la première, un pavillon de
thé pour la plus grande et, sur la moins boisée, un
abri pour les estampiers. Là, les artistes pouvaient
figer la beauté absolue d'un paysage remodelé par

l'homme, parfois honoré par la neige. En été, à la nuit tombée, les lucioles s'ajoutaient aux lumières des lanternes de pierre que les concubines n'oubliaient jamais d'allumer afin de transformer le lieu en un ciel posé sous l'horizon, aux étoiles sans cesse attirées et repoussées par les arbres.

Jamais de ma vie, je ne vis plus beau jardin. Même celui de l'Empereur-Dragon, dont mon grand-père avait tant vanté la beauté ; celle de ses rivières toujours occupées à chanter, de ses petites cascades sacrées et de ses arbres étranges venus du Continent-Éléphant.

Peu avant sa mort, mon grand-père me raconta qu'une année l'hiver avait été très rude à Edo ; les rivières du parc impérial s'étaient transformées en glace et les cascades étaient devenues mâchoires figées, toutes dents dehors. Cet hiver-là, seulement, le jardin de l'Empereur avait été le plus beau de tous.

Une seule chose manquait cruellement au jardin de la forteresse familiale : ces animaux étranges que l'on avait offerts à l'empereur ; des chats gigantesques, tigrés de blanc et de gris, avec des dents retroussant leurs babines comme des *tantô** et des griffes capables d'arracher le cœur d'un homme. Des oiseaux aussi, dont le mâle était tellement supérieur à sa femelle sur le plan de la beauté que l'on enfermait cette dernière pour ne pas diminuer le spectacle perpétuel offert par le jardin. Et puis il y avait les serpents-corail, rayés orange et blanc, dont la morsure tuait un buffle sur l'instant, et encore plus facilement un homme.

Comparés à ces animaux, les carpes et les vénérables tortues de mon grand-père ne présentaient que peu d'intérêt à mes yeux.

Plus que les serpents venimeux, plus que les oiseaux colorés, je rêvais des grands fauves tigrés qui vous tuent en vous embrassant le visage, bouche et nez compris, vous étouffant, vidant vos poumons de votre dernier souffle.

Les concubines préparèrent le thé sur l'esplanade principale. Elles posèrent un grand tissu sur l'herbe coupée aux ciseaux, face aux trente-trois pierres figurant le dragon du ciel. Non loin, des carpes centenaires attendaient que l'on vienne les caresser. Rouge et blanc, ces poissons m'avaient toujours paru d'une idiotie sordide. Je pense qu'il en était de même pour mon père.

Sur le tissu, les concubines disposèrent les sous-plats en bois, les décorations de papier plié, les tasses en porcelaine et plusieurs théières de fonte, noires, vertes ou rouges, selon qu'il s'y trouvait du thé de l'Empire de Qin, du thé vert de la montagne ou du thé parfumé avec des écorces d'orange amère. De retour, elles mirent à leur place les bouquets de fleurs, préparés selon les règles séculaires du *tatebana**. Un dernier voyage leur fut nécessaire pour apporter les petites nasses de cuisson à la vapeur qui contenaient de délicieux gâteaux au lotus et des brioches à la viande. Ainsi que le sashimi de poulpe tout juste mariné dans le vinaigre, que mon père dégustait à coups de baguettes agiles entre deux gorgées de thé vert de la montagne, son préféré, qu'il buvait aussi amer que les viandes tachées de fiel.

Lors d'une véritable cérémonie du thé, il n'est plus de supérieurs et d'inférieurs, chacun se dépouille de son amour-propre pour le tourner, avec révérence et humilité, vers les autres. Les objets du rituel acquièrent alors une aura sacrée. La véritable cérémonie du thé symbolise la purification qui lave l'esprit des poussières du monde. Mon père croyait en la technique et aimait le thé ; pour lui la procession traditionnelle jusqu'au jardin intérieur, l'ablution des mains et de la bouche dans une roche creusée alors que l'on se tient sur la pierre d'accroupissement, tout ce rituel se résumait à une perte de temps et était inacceptable. De plus, il n'aurait jamais supporté de ne plus être considéré comme un seigneur de la guerre. Il ne pouvait être l'égal de ses invités. Il avait besoin de se sentir supérieur à eux, en toutes choses et en tout moment.

Les concubines s'agenouillèrent, ramassèrent leur corps au point de devenir de simples boules de soie posées sur l'herbe verte. Je me tenais à gauche de mon père, assis dans la position inconfortable requise par la politesse. À ma droite se trouvait Kaitsu, puis mon père, puis Musashi. Chacun de nous faisait face à un érable torturé que mon père considérait comme son plus fidèle ami. Nul ne devait se tourner vers son interlocuteur, les paroles seraient d'abord adressées aux dieux avant de revenir vers les hommes. Mon père ne croyait en l'existence d'aucun dieu ; néanmoins, il avait l'habitude de craindre leur colère — au cas où.

« Je veux que tu deviennes mon premier samouraï, annonça mon père à l'étranger.

— Je suis ton premier samouraï, lui répondit Musashi. L'incompétence des tiens a fait de moi cet homme. »

Je savais — du moins, j'avais entendu dire — que le *daïto** de mon père, une arme offerte par l'Empereur-Dragon en personne, avait détaché têtes et corps à la suite d'injures bien plus faibles que celle-ci.

Mais Musashi garda sa tête, but son thé et rota.

« Je suis content que tu acceptes ma proposition, annonça mon père. Tu auras des terres et une bonne bourse d'installation.

— Je n'accepte pas de m'installer sur tes terres, je suis tel le pétale de l'anémone, toujours dans le vent et la couleur des chemins. Mais ne te méprends pas, je ne suis plus samouraï depuis fort longtemps et ces mots n'ont pas le pouvoir de te déshonorer, ni même de t'offenser. Dans mon esprit, l'homme sage refuse de posséder de la terre, car c'est lui qui appartient à la terre et non l'inverse. Les coquillages ne gouvernent pas, ne dirigent pas les rochers sur lesquels ils s'accrochent. La route est ma maison, Seigneur Nakamura, une maison de pierres, de poussière, de boue et de gravillons. Le combat brûle dans mes veines. Et avec les années, seuls les enjeux ont changé.

— Alors, que veux-tu contre ton secret, contre le secret de ta vitesse et de ta précision ?

— Le Secret n'est pas à vendre. Même si je voulais le vendre, je ne le pourrais pas. Il ne s'achète pas, il se mérite, il se comprend par les cinq sens fusionnés en un sixième. Impalpable est le Secret. Il s'enseigne, peut-être. Je dis bien *peut-être*. C'est la douleur qui m'a permis d'accéder au Secret, un désespoir que je ne souhaite à personne, car il est des douleurs en comparaison desquelles la mort est la sève qui gicle du membre masculin.

— Alors enseigne-moi, essaye de me montrer le Secret, et tu auras tout ce que tu voudras. Si tu cherches l'amour, je te trouverai mille femmes aimantes ; si tu veux des enfants, je te trouverai mille mères. Si tu ne t'intéresses qu'aux armes, je mettrai à ton service les meilleurs artisans... des ferronniers du Portugal, si tel est ton désir.

— Il n'est pas de meilleure arme que mon katana. Je ne suis plus homme à vouloir des enfants. Et l'amour absolu n'existe pas pour l'homme qui se dit guerrier, tout juste peut-il espérer de belles rencontres... J'ai beaucoup entendu parler de toi. Le vent porte ton nom pour qui sait écouter. Tu es un grand seigneur de la guerre. Mais les illusions des Européens, leurs arquebuses, leurs canons, t'ont perdu pour moi, pour mon enseignement. Tu es bien trop vieux, bien trop sculpté par le temps pour apprendre le Secret. Tu es comme l'érable, tes racines sont fortes, ton tronc est puissant et tes branches sont torturées par les années qui ont transité dans ta sève. Confie-moi ton fils, il est vierge de toute mauvaise influence, son esprit est souple comme une herbe... Quinze années, vingt années, il me faudra bien cela pour vider sa tête complètement et la remplir du Secret. Je lui enseignerai la Voie du Sabre qui fait de l'homme un dieu, qui met dieux et femmes à genoux. Et ce que tu attends véritablement de la vie... en l'occurrence l'Impératrice-Fille à couvrir pour enfanter un Empereur de ton nom, ce rêve, je donnerai à ton fils toutes les armes pour le toucher. Et quand il sera époux de l'Impératrice-Fille ou *Shôgun**, il te remerciera à jamais en t'autorisant à boire l'encre de Shô, en t'admettant parmi la caste impériale.

— Tu me le promets.

— Non. C'est à ton fils qu'il te faut arracher cette promesse, pas à moi. »

Mon père se leva, visiblement énervé, préoccupé. Il prit le temps d'arranger les plis de son kimono, de remettre son sabre et son *wakizashi** en place, contre sa panse gonflée de nourriture et de stratégie. Il fit quelques pas dans le jardin. Puis revint vers nous. Alors, il me regarda comme on ne regarde plus un objet inutile et encombrant, mais comme on considère avec gourmandise un pas de plus vers l'immortalité désirée.

Il ne prononça pas un mot. Un oui prononcé du bout des lèvres aurait signifié peut-être et le non se serait métamorphosé immédiatement en un coup de sabre qui, probablement, n'aurait jamais atteint sa cible. Toute forme de négation aurait signifié le plus terrible des affronts, portant en son ombre la mort de mon père. Une mort réelle ou politique, ce qui, le connaissant, revenait au même.

Toujours ramassée dans l'herbe, en position de soumission, Suki pleurait. Je compris en cet instant que c'était moi qui avais déchiré cette partie si mystérieuse de son ventre où je rêvais de mettre les doigts comme je l'avais fait tant de fois auparavant avec d'autres concubines.

4

L'étranger exigea de pouvoir choisir une des huttes du village pour y passer la nuit. Il fit apporter ses gains dans cette habitation libérée par la mort récente de son propriétaire : du saké, en grande quantité, du poisson cru, du poulpe mariné, des douceurs, de l'alcool de riz, des brochettes de caille, du thé, des épices, de la soupe brûlante, du fromage. On lui coupa les cheveux, la coupe classique du samouraï. On le rasa avant de le laver et de le parfumer.

Ce soir-là, je m'échappai de la forteresse par un des souterrains secrets pour descendre au village, assister à la fête donnée en son honneur. Il avait distribué la plus grande partie de la nourriture qu'il avait gagnée. Il y eut des rires, des danses, des couples s'éclipsant dans les fourrés, sur la plage, des spectacles d'ombres chinoises, du théâtre improvisé. Armés de branches, les enfants reconstituaient les victoires de Musashi, ravis de pouvoir se moquer des samouraïs qui oppressaient leurs parents.

Musashi réussit à capter le regard de la plus belle des femmes présentes aux festivités. À la nuit noire, il l'emmena dans sa hutte. La fête cessa. Bien après, alors que le silence pesait sur tous le village, il abandonna la femme sur le tatami. Elle ronflait comme un goret. Il prit son katana, sans le fourreau, et descendit jusqu'à la plage.

Je le suivis.

Je l'avais observé jusqu'ici et je n'avais pas l'intention de rentrer à la forteresse, surtout après avoir vu la façon dont il avait honoré la femme, mêlant douceur et brutalité, lenteur et rythmes difficiles à observer. Elle avait crié, trois fois. Il y en aurait eu une quatrième si elle ne s'était pas mordu la main jusqu'au sang, se plaignant ensuite de la douleur occasionnée par la plaie. Elle s'était endormie alors que ses larmes ne semblaient point taries, ce qui fit rire Musashi. Je l'entendis même murmurer : « On ne chevauche pas les fauves impunément. »

Le parfum de la mer, alourdi par le chant des vagues, m'assaillit. Musashi savait que je le suivais. Comme il savait que je l'avais vu aimer cette femme, à travers les planches disjointes de l'habitation censée cacher leurs ébats.

Il se déshabilla. Dans la lueur de la Lune, je vis ce que je n'avais fait qu'entrapercevoir : un corps entièrement couvert par un dessin enfoui sous la peau. Dans la furie absolue et colorée de ce tatouage aux mille motifs, je ne pus distinguer qu'une silhouette féminine et dénudée barrant le corps du rônin de l'épaule gauche à la cuisse droite. Elle avait les bras jetés en arrière, les seins pointant de plaisir, mais semblait triste. Tout autour d'elle, il y avait des étoffes froissées, des fleurs, des animaux, un tigre, un dragon et d'autres visages, tous féminins. Je n'avais jamais vu un tel tatouage, aussi complexe ; il couvrait son corps à l'exception du visage, du cou, des mains et des pieds.

Musashi marcha jusqu'aux lèvres des vagues mourantes, s'enfonça dans l'eau, monta sur un rocher contre lequel les vagues explosaient violemment, dans un fracas de poutres brisées. Le guerrier commença à les repousser à coups de sabre. Puis ses assauts, de plus en plus rapides, presque invisibles, devinrent sculptures. Et sur sa peau les visages changèrent, ouvrant les yeux et regardant le monde. Musashi foudroyait les montagnes d'eau de mer avec la vitesse et l'acier. Il transforma une des vagues en un dragon. Elle se figea un instant, au-dessus de lui, autour de lui, culminant comme un torii. Elle chuinta toutes griffes dehors, puis s'éparpilla en pluie.

J'eus l'impression d'avoir imaginé ce dragon. La bouche grande ouverte comme si je voulais gober un gâteau au lotus d'une seule bouchée, je me frottai les yeux et le regardai sculpter un tigre décidé à déchirer la Lune. Ensuite, il y eut des chevelures de serpents, ainsi qu'un effrayant poulpe géant, tous tentacules dehors, le bec corné apparent.

J'étais fatigué, effrayé, glacé. Bien que rongé par la curiosité, je décidai alors de laisser celui qui était d'ores et déjà mon maître. Ce spectacle m'avait fait peur et, même aujourd'hui, alors qu'honnêtement je ne vois pas quel danger il aurait pu représenter pour moi, des frissons parcourent mon corps rien qu'en le rappelant à mes souvenirs.

Je venais d'apercevoir la puissance, et la puissance rend fou.

Comme je n'avais pas envie de passer par les souterrains sombres et humides, trop effrayants après ce que je venais de voir, je me présentai aux grandes portes de la forteresse. Les gardes m'ouvrirent sans me poser la moindre question. Juste derrière l'entrée, Suki m'attendait à genoux, penchée en avant, les cheveux couvrant complètement son visage. Je devinai qu'elle était restée plusieurs heures dans cette position, capable de patienter encore plus longtemps. Alors que nous regagnions nos appartements sans faire de bruit, j'aperçus quelque chose d'étrange le long de l'allée principale. Tout en avançant, ce quelque chose se précisa : il s'agissait de lances dressées. Et, exposées au bout de ces lances, les têtes des archers qui avaient échoué à tuer Musashi.

Les mains de Suki couvrirent mes yeux et étouffèrent mon cri.

« Chutt... »

La vie de ces archers n'avait que peu d'importance pour mon père, seule comptait l'image qu'il offrait. Il aimait être craint, sa seule dévotion envers la tradition.

« Pourquoi avoir fait ça ? demandai-je à Suki.

— Kaitsu... il a exigé leur mise à mort et ton père a accepté.

— Mais pourquoi ?

— Pour rappeler aux hommes et aux femmes de ses domaines que l'individu n'existe pas, que seul le clan Nakamura a de l'importance. Il faut tailler les arbres pour qu'ils donnent de meilleurs fruits, et il en va de même avec les sujets des seigneuries. Mikédi, une mère ne doit pas pleurer le départ de son enfant, si celui-ci apporte beaucoup au fief Nakamura. Comprends-tu ce que je veux te dire ?

— Le départ ?

— Demain, Mikédi. Demain tu partiras pour devenir un homme en arpentant la Voie du Sabre. »

5

À l'aube, un petit coup de pied me réveilla. Mon visage était jusque-là enfoui entre les cuisses d'une concubine qui la nuit durant avait pleuré son amour secret — un des archers décapités. En dépit de ma grande taille, Suki me prit dans ses bras. Elle me serra fort contre elle, et m'autorisa à me nourrir à son sein lourd de lait. Elle avait accouché d'une petite fille quelques mois auparavant.

Dans l'ombre de la pièce, immobile, Musashi attendait. Je réalisai, alors que mes dents pressaient et pressaient le mamelon offert, que c'était son pied qui m'avait réveillé, et non celui de Suki.

Mes affaires avaient été préparées, rassemblées dans un baluchon.

Je suivis Musashi dans le jardin. Alors que je m'attendais à ce qu'il me dise bonjour en utilisant un dicton quelconque — ce qui aurait été conforme à l'idée que je me faisais de sa tâche —, il s'accroupit un long moment, occupé à observer les tortues de mon grand-père, sans rien dire. Propre de la veille, il sentait le jasmin, le sel, les algues et l'odeur secrète des femmes. Comme je n'avais rien d'autre à faire, j'en profitais pour l'observer en détail.

Et je crois que c'est exactement ce qu'il désirait à ce moment précis.

Plongé dans la contemplation de ces animaux, plus stupides qu'un chien, un goret ou un cheval de trait, Musashi me sembla le plus bel homme au monde.

Son corps était d'une pureté étonnante, musclé au point de ne plus sembler humain, digne de la pierre sculptée. Ses veines gonflées d'expérience bleutée, posées sur sa peau tatouée, promettaient autant de rivières de sang à la moindre écorchure.

Il se releva, s'approcha de moi et désigna du doigt mon baluchon. Je le posai à ses pieds. Il l'ouvrit, le vida complètement avant de me demander d'enlever mes sandales.

« De tout ça tu n'as point besoin. L'homme vient au monde nu comme le serpent. »

Il adressa un signe de tête poli à Suki et je quittai la forteresse sans voir mon père, pieds nus, privé de mes vêtements de rechange et de mes sandales, une certaine colère chevillée dans les replis nauséabonds du ventre.

Mes pieds saignèrent bien avant que le soleil ne commence à chauffer nos nuques. Nous allions vers le sud-ouest, vers un village de pêcheurs que mon père avait rasé des années plus tôt. Ses habitants, des bons à rien à en croire Nakamura Ito, refusaient de payer leur impôt annuel en encre de Shô, préférant la vendre à un prix inacceptable.

Au-delà de la dernière bifurcation, le chemin que nous parcourions ne desservait plus que ce village perdu au bout d'un cap, à plus d'une journée de marche encore. Tous considéraient désormais le lieu comme maudit, suintant de fantômes. J'avais peur. Je ne comprenais pas pourquoi Musashi m'emmenait là-bas. Peut-être voulait-il que je me rende compte des horreurs dont était capable mon père. J'avais vu les têtes de ses archers plantées au bout de lances ; j'avais essayé de crier. J'étais déjà, malgré mon jeune âge, tout à fait conscient des excès et de l'ambition tout aussi insane que légitime de Nakamura Ito.

« Quand est-ce qu'on s'arrête un peu ? demandai-je. Mes pieds saignent... »

Il ne me répondit pas.

Le monde offrait à l'air des senteurs d'embruns, de fleurs, de poussière et de printemps piétiné. J'entendais mon maître renifler, je le regardais accomplir des tours et des détours le long des bas-côtés. Il était chaussé de sandales, lui ! Parfois, il s'arrêtait pour jouer avec un papillon — les premiers de l'année — ou pour regarder une fleur. Parfois, il s'accroupissait ou se mettait à quatre pattes pour contempler un scarabée ou un autre insecte de même taille. Plus il observait ces bêtes idiotes, plus j'en profitais pour souffler, en me contentant de suivre le chemin. Satisfait d'avoir vu un escargot tomber d'une feuille, ou une abeille gorgée de pollen, désormais trop lourde pour ses

petites ailes, il se relevait pour continuer à zigza-
guer d'un bord du chemin à l'autre.

Plus tard, bien plus tard, il dit :

« Soigne-les. »

Je mis quelque temps à comprendre qu'il parlait
de mes pieds.

« Je ne sais pas comment faire, dis-je.

— Apprends. »

Peut-être pouvais-je mettre des herbes, des feuilles sur les écorchures. J'aurais pu tout aussi bien
lui demander d'uriner dessus. Je me fis des chaus-
ses avec de grandes feuilles de bananier, utilisant
du papyrus pour les nouer. Mes efforts le firent
rire :

« Ce n'est pas ça qui va te soigner.

— C'est vous qui m'avez empêché de prendre
mes sandales et maintenant je suis blessé.

— Personne n'a dit que tu devais obéir aveuglé-
ment à mes ordres. Moi, j'ai des sandales. Pourquoi
n'as-tu pas regardé mes pieds plutôt que de te laisser faire ? Pourquoi n'as-tu pas réfléchi ? Rien
n'est anodin en ce monde. Rien. Tu dois réfléchir
à chaque phrase que tu entends, à chaque acte dont
tu es témoin. »

J'avais toujours été habitué à obéir ou à trouver
des moyens de désobéir en toute impunité, et voilà
que l'on me disait de réfléchir avant d'obéir. Il y
avait une logique dans cet enseignement, mais
j'échouais totalement à en appréhender les limites.

Le soleil n'était déjà plus à son zénith quand
nous nous arrêtâmes pour manger un peu de riz
vinaigré. Je pleurais. Mes pieds me faisaient atro-

cement mal. Suki me manquait, tout autant que Kaitsu. La forteresse et ses jardins me semblaient déjà à l'autre bout du monde. J'avais l'impression qu'ils s'étaient tous débarrassés de moi. Si j'avais pu, j'aurais arraché le cœur de mon père pour lui faire payer son infamie. L'indigne Nakamura Ito m'avait abandonné, moi, son fils aîné, à un vagabond malpoli, dénué de toute culture et peu porté sur les bains. Je leur aurais volontiers arraché le cœur à l'aide de baguettes bien pointues — à l'un aussi bien qu'à l'autre.

Comme s'il lisait dans mes pensées, Musashi me regarda et sourit.

Je commençais à soupçonner cet homme de posséder des origines démoniaques, très anciennes, comme ces statues aux traits effacés qui bordent les chemins. J'imaginais qu'il s'agissait d'un tengu contrôlant un corps humain de l'intérieur, une entité malfaisante qui avait trouvé amusant de se déguiser en rônin afin de mieux jouer avec l'idiotie et les faiblesses des mortels.

« Qu'attends-tu de la vie ? me demanda mon maître.

— L'odeur secrète des femmes », lui répondis-je, comme par défi, après avoir hésité à lui répondre que sa mort lente faisait désormais partie de mes priorités.

Ma repartie le fit rire.

« Tu ne pouvais pas me donner de meilleure réponse. Et la haine que tu nourris envers moi est fondée. Il s'agit d'un bon commencement pour apprendre. Ta haine t'obligera à réfléchir un peu plus. Désormais tu te méfieras de chacune de mes paroles, de chacun de mes gestes.

— Je pensais qu'un enseignement ne pouvait se fonder que sur la confiance, non sur la méfiance.

— Hum... »

Il me jeta mes sandales qu'il avait probablement glissées dans son vêtement avant que nous quittions la forteresse. Il me montra une plante à feuilles charnues dont il avoua ignorer le nom.

« Écrasées, mélangées à ta salive, elles refermeront tes blessures et les empêcheront de s'infecter.

— Comment savoir si vous vous moquez de moi, ou si vous dites la vérité ?

— À ton avis ?

— Vous dites la vérité... Vous n'avez pas envie d'avoir un compagnon de voyage à porter sur les épaules. La route est longue, et les pieds amputés, je ferais un guerrier aussi dangereux qu'une vieille carapace de tortue remplie de bouse de buffle. Mon père risquerait de ne pas apprécier.

— Bien pensé. »

Je préparai donc le mélange, buvant et buvant pour saliver assez. J'appliquai la bouillie verte sur mes pieds pendant qu'il se tenait le ventre à deux mains pour tenter de modérer ses crises de rire.

« Vous vous moquez, avec ce remède je vais avoir les pieds verts jusqu'à mon dernier souffle...

— Je te le promets... » Il éclata de rire : « ... tu n'auras pas les pieds verts. Par contre, pour ce qui est de la couleur de ta langue, il se pourrait bien que cela dure quelques années. »

Nous reprîmes la route. Lui à moitié étranglé

dans ses rires, déambulant de droite à gauche, toujours à l'affût de petites bêtes et de fleurs à observer ; moi, marchant droit, occupé à économiser mes pas. Malgré l'effort de la marche, mes pieds me faisaient moins mal. Musashi s'arrêta une partie de la journée pour écouter bruire un ruisseau. J'en profitai pour me rincer la bouche de nombreuses fois, mais ma langue et l'intérieur de mes joues restaient désespérément de la couleur des feuilles du bambou.

Mon maître se tenait au bord du ruisseau, mâchonnant une herbe tendre, suivant du regard un lézard à la recherche de la pierre la plus chaude des environs, quand mon ventre se mit à gargouiller. Je lui fis remarquer que j'avais faim et il trouva des fruits juteux, sains, là où je n'avais vu que feuilles et branchages.

Alors que je m'empiffrais, il tailla plusieurs arbustes en utilisant son sabre. Puis il déplaça certains rochers, pour transformer une partie anodine de la rive en un véritable paysage. Il fit même un damier sur le sable de la rive. J'aurais pu lui poser des questions, afin de savoir ce qui motivait ses gestes, mais j'avais peur de le déranger, qu'il décide de reprendre la route. Tant qu'il s'amusait de la sorte, jugeait splendides des pierres tout à fait communes, je pouvais soigner mes pieds, rincer ma bouche et me reposer.

À la nuit tombée, nous arrivâmes devant une demeure isolée, sise à trois heures de marche du village dévasté où Musashi avait décidé de m'emmener. Il s'agissait d'une petite maison de bois peinte en rouge, vert et or. Musashi, visiblement soulagé d'être arrivé là, me montra du doigt un banc de pierre, à peine visible sous les voussures noueuses d'un figuier en fleur.

« Reste là, et surtout ne bouge pas », m'ordonna-t-il.

Il alla jusqu'à la maison, écartant au passage des cages pleines de lucioles. Il déplaça la cloison coulissante de l'entrée pour disparaître dans les ombres de la bâtisse, sans même s'être annoncé. Alors que l'obscurité et ses secrets le dévoraient, j'eus juste le temps de distinguer la main d'une femme se posant sur son épaule, comme l'aurait fait le plus délicat des oiseaux.

Vue de l'extérieur — je ne devais pas bouger de mon banc de pierre, un ordre qu'il me semblait préférable de respecter — la maison était de toute beauté, décorée avec goût.

Perçant de mille trous de feu une nuit noire comme la laque des meubles, les nombreuses lucioles encagées berçaient d'une aura surnaturelle l'habitation que je ne n'avais de cesse d'observer.

Seul un magicien pouvait figer et sculpter des vagues à coups de sabre. Seule une sorcière pouvait habiter une maison éclairée toute la nuit durant par des centaines et des centaines de lucioles. J'imaginais sans mal leurs accouplements contre nature, tout en grognements et injures, susceptibles d'enfanter des monstres affamés, frères de l'obscurité et dévoreurs d'innocence.

Je comprenais peu à peu que j'allais passer la nuit dehors et la terreur ne tarda pas à distiller ses

poisons en moi. Le moindre bruit me faisait sursauter, que ce soit le cri d'un rapace nocturne, les
chants du vent dans les feuilles et les bourgeons,
ou le craquement sinistre d'une branche brisée par
un animal lointain. C'était ma première nuit passée
loin des concubines, sous la veille d'un bon toit de
bois, et cette nuit-là toutes les étoiles me semblèrent menaçantes et hideuses.

Je passai la nuit assis sur le banc de pierre, gre-
lottant de froid, ne bougeant que pour aller sou-
lager mon corps de ses crampes et de ses trop-
pleins de fruits et de liquide. En milieu de matinée,
un coup de pied me jeta à terre. Il ne s'agissait
évidemment pas d'un coup offensif. Je me réveillai
en sursaut.

La femme riait, elle portait juste un kimono
ouvert, ne cachant rien de son sombre buisson.
Elle me montrait ses secrets tout en me faisant
comprendre que je ne pourrais pas y goûter,
contrairement à mon maître. Beaucoup de femmes
agissent ainsi, c'est leur seule façon de nous montrer leur réelle supériorité. L'enfant que j'étais à
l'époque se tenait face à une sorcière repue de
plaisir et n'arrivait pas à faire cesser ses tremble-
ments.

« Montre tes pieds », me dit-elle.

Je fis ce qu'elle m'avait demandé. J'avais trop
peur qu'elle me transforme en scarabée en me
jetant je ne sais quelle poudre au visage.

« Ne tremble pas comme ça, je ne vais pas te
manger, tu n'as que la peau sur les os. »

À l'époque, je ne compris pas qu'il s'agissait

d'une plaisanterie de femme espiègle et non les mots d'une sorcière à la recherche d'ingrédients pour ses prochains sorts. Elle regarda mes pieds, grimaça, les massa, les caressa. Et je vis un de ses seins pendre comme un cône de chair molle. Elle était très désirable, bien plus que je l'avais cru de prime abord. Pourtant aucune délicatesse particulière ne caractérisait son visage ou son corps, dénués de grâce.

« Ne bouge pas, me dit-elle. Et arrête de trembler comme un vieillard. Je vais revenir avec de quoi soigner tes pieds. Tu as utilisé un remède de voyageur, mais ce n'est pas suffisant. Au fait, t'a-t-il prévenu de ne pas mâcher les feuilles ? »

Je lui tirai la langue et elle ne put s'empêcher de rire.

« Surtout ne bouge pas. »

En fait, je préférais rester les fesses collées à la pierre froide et attendre les soins, plutôt que de prendre le risque de marcher. Mes pieds me faisaient vraiment très mal et je commençais à comprendre où Musashi voulait en venir. À force d'obéir à des ordres idiots, on s'arrache la peau des pieds et on reste assis sur un banc de pierre, toute la nuit, à mourir de froid alors que l'on pourrait être au chaud dans la maison d'une sorcière. C'était le plus important des enseignements qui jalonnent la Voie du Sabre, celui qui venait obligatoirement en premier.

La femme revint, le kimono toujours ouvert sur son buisson d'ombres, les grelots cuivrés de sa ceinture giflant ses jambes à chaque pas. Elle portait dans ses mains un morceau de bambou avec une feuille de bananier comme couvercle. Elle dénoua le papyrus, posa la feuille sur le banc et commença à masser mes pieds avec un onguent au parfum d'amande fraîche, encore laiteuse.

« Tu es une sorcière ?

— C'est lui qui t'a dit ça ?

— Non, j'ai deviné tout seul. »

Elle se mit à rire.

« Où est Musashi ? demandai-je.

— Il ronfle. Il s'est couché tard.

— Occupé à t'aimer... Tu n'as donc pas de mari...

— Personne n'aime comme cet homme... Il transforme l'acte en art. C'est comme de la calligraphie, chaque geste est parfait, d'une couleur qui dépend de son intensité. Mais le plaisir qu'il te donne a un prix : pour lui ton corps est comme une feuille blanche, à jamais il y laisse son empreinte. Après lui, les autres ne sont rien, leurs caresses sont vides, leurs assauts sont voués à l'échec. Il suffit de regarder Musashi un instant pour savoir qu'il a ce don, qu'il porte en lui cette compréhension du corps féminin.

— Tu dis ça parce qu'il était à peu près propre, hier.

— Il ne l'était pas la première fois qu'il est venu ici, il y a dix jours. À vrai dire je ne l'ai lavé qu'après. »

Cette confidence la fit sourire.

« Tu l'as accepté sur ton tatami alors qu'il était sale ?

— Oui, car quand je l'ai regardé dans les yeux,

j'ai su qu'il allait me faire gémir et je n'ai pas eu la force d'attendre. Il est capable de transformer le plaisir en orage.

— Ça doit être de la magie. Il fait des tas de choses extraordinaires. Il sculpte les vagues avec son sabre... Il transforme l'eau de mer en dragon...

— Je l'ai vu faire... Et je crois que sa magie ne vient pas de poudres extraordinaires, de paroles récitées à voix basse, ou d'onguents aux recettes oubliées. Il est capable d'aimer de cette façon car il *comprend* le monde, comme il comprend le corps féminin et ses rythmes secrets. »

Elle me massait les pieds, je lui parlais, mais mes yeux ne quittaient pas les boucles nocturnes de son sexe. J'avais beau ne pas avoir mon visage tout contre son intimité, je sentais monter vers moi les effluves de son excitation. Je la sentais de plus en plus fébrile, aux portes du désespoir, dans l'attente des assauts de mon maître.

Et d'ailleurs, c'est en trottinant, sans avoir pris le temps de refermer son pot d'onguent, qu'elle alla rejoindre Musashi.

6

Mon maître resta trois nuits chez la femme aux lucioles. J'occupai ce temps à me promener alentour. Et comme la Lune souillait de sang l'entre-jambe de notre hôtesse dont j'ignorais le prénom, nous reprîmes la route. Jamais personne ne m'avait parlé du corps féminin comme Musashi, parlé des saignements, du cycle de vingt-huit jours, du ventre qui s'arrondit en attendant l'enfant. Il répondit à chacune de mes questions, me faisant remarquer que nous avions trouvé là un sujet de conversation qui, contrairement aux autres, me faisait oublier mes pieds blessés.

Je lui expliquai qu'à force de vivre au milieu des concubines, j'étais, pour le moins, obsédé par leur corps et les plaisirs qu'ils promettaient.

Cela le fit sourire et il me demanda si mon sexe durcissait à la vue des femmes nues. Je ne pus lui répondre et me contentai de rougir. Je n'avais pas envie que l'on parle de moi, juste des femmes et de leur corps. Il venait de me donner une leçon de plus : ne jamais aborder un sujet dont on ne maîtrise pas le contenu émotionnel. J'avais perdu la face ; il m'avait déstabilisé et je lui en voulais une fois de plus pour ça.

Nous arrivâmes de nuit au village de pêcheurs que les samouraïs de mon père avaient rasé. Ils avaient agi de la sorte pour s'emparer d'une grande quantité d'encre de Shô. En effet, le seigneur de la guerre capable de fournir la quantité d'encre nécessaire à la maturation sexuelle de l'Impératrice-Fille était quasiment promis à l'épouser. Mon père le savait mieux que quiconque, il désirait devenir ce seigneur-là. La vie de quelques villageois n'avait, à ses yeux, aucune importance comparée au but qu'il s'était fixé. Cela me rappela ma conversation avec Suki, quand nous avions parlé de l'importance du clan comparée à celle des individus qui le composent.

Je n'avais jamais vu de village rasé jusqu'alors. Les habitations avaient été incendiées, certaines avaient brûlé jusqu'aux fondations. Désormais, en dehors du chant des vagues, des cris des oiseaux de mer, rien ne troublait ce hameau déserté. Musashi poussa un bout d'os du bout du pied, pour que je puisse l'observer.

« Sais-tu ce que c'est ?

— Non.

— Devine... »

Je regardai la relique fixement alors que mon maître était déjà parti ailleurs pour rassembler quelques objets en mauvais état, qu'il semblait néanmoins décidé à utiliser d'une façon ou d'une autre. Je le regardai se promener dans les ruines, se pencher pour ramasser un bout de bambou, un morceau de poterie, un peu de bois. Alors que je bougeais l'os en tous sens, je compris qu'il s'agissait d'un morceau de mâchoire. Je comparai le nombre de dents, la taille de cet os, avec ma mâchoire et déterminai que la victime avait ma taille : une femme de petite taille, ou un enfant de mon âge.

« Tu vas nous construire un bateau, dit Musashi. Nous devons rejoindre les pêcheurs qui vivaient là. Ils ont été obligés de fuir les samouraïs de ton père, de devenir des pirates.

— Vous savez où ils se trouvent ?

— Oui.

— Je ne peux pas construire de bateau. J'ignore tout de ce genre de tâche.

— L'homme qui a construit le premier bateau ne savait pas, lui non plus.

— Oui, mais rien ne dit qu'il y soit parvenu. Quinze hommes de son clan se sont peut-être noyés avant d'avoir réussi à traverser un petit lac, assis dans un simple tronc évidé.

— Essaye.

— Cet ordre est idiot, comme si vous me demandiez d'attaquer la forteresse de l'Empereur à moi tout seul.

— Oh, cela doit être possible avec un bon plan... En voilà une idée excitante ! »

Cette réflexion me coupa dans mon élan. J'avais vu, juste un instant, ses yeux s'illuminer comme si cette perspective lui semblait envisageable, tout à fait à sa portée.

« Je ne sais pas construire de bateau, je ne m'y connais ni en bateau ni en travail du bois. Et je n'ai que... douze ans !

— Ce n'est pas une excuse, du moins c'est la plus mauvaise que je connaisse. Si ta vie en dépendait, douze ans ou pas, tu essayerais. Alors essaye ! Je veux voir si tu es aussi intelligent que je le suppose. Je veux voir à quel moment tu frappes ton travail du pied pour me faire comprendre que tu abandonnes. Je veux te voir renoncer, car la perspective du renoncement forge un homme. Je veux te voir perdre, car celui qui perd vit, et celui qui gagne meurt.

— C'est idiot ce que vous dites ; les gagnants sont toujours les vivants...

— En es-tu si sûr ? »

Plus tard, je compris ce qu'il voulait dire : celui qui gagne toujours n'apprend jamais rien.

Alors que je récupérais du bois et essayais de construire une sorte d'esquif rudimentaire, mon maître passait son temps à sculpter le sable de la plage, à l'aide d'un wakizashi. Il s'était lancé dans la représentation d'une cité fortifiée de plusieurs pas de côté.

Assis au pied de cette œuvre ou à quatre pattes, Musashi ressemblait à une fourmi occupée à ramener du grain dans sa fourmilière. Je n'arrivais pas à comprendre comment l'ensemble pouvait rester intact, malgré la diversité de ses formes, les aplombs, les fines frises des toitures qui le composaient. Et je ne comprenais pas pourquoi Musashi s'était lancé dans la confection d'une œuvre aussi belle, aussi complexe et condamnée à être détruite par la première pluie. Fière de la richesse de ses détails, de ses porte-à-faux impossibles, la forteresse de sable se dressait tel un défi aux dieux. Une fois encore, ce que Musashi accomplissait ressemblait à de la magie. Et, comme l'avait dit la femme aux lucioles, il n'était aucunement question de poudres, d'onguents ou de potions, de paroles psalmodiées, de sortilèges oubliés...

« Vous êtes un magicien, n'est-ce pas ?

— Comment progresse le travail sur le bateau, Mikédi ? »

C'était la première fois qu'il m'appelait par mon prénom. Cela me donna l'impression d'avoir reçu un coup de poing en plein ventre. Pourtant, j'étais certain qu'il ne se moquait pas de moi. Une certaine forme de tendresse émanait de sa voix.

« Vous ne répondez pas à ma question ? lui dis-je comme si je n'avais pas entendu la sienne.

— Ce n'est pas de la magie, fils. De la patience et de la précision, tout au plus, je fige ma mémoire.

— Est-ce le palais de l'Empereur ?

— Oui, si tu dois l'attaquer tout seul, il vaut mieux que tu saches à quoi il ressemble... J'ai répondu à tes questions, réponds à la mienne : comment progresse la construction du bateau ?

— Ce ne sera jamais un bateau... Un tas de planches chevillées entre elles, à la rigueur...

— Je finis ça et on va voir ce tas de planches... »

Je m'attendais à ce qu'il me rejoigne avant la fin de la journée pour voir mon... bateau. Mais il lui fallut, ni plus ni moins, huit jours pour finir le palais de sable.

Alors qu'une pluie à tout rompre détruisait son œuvre, il vint inspecter la mienne et ne put s'empêcher de rire.

« Nager serait moins dangereux que de naviguer sur cette... chose. As-tu tiré une leçon de ceci ?

— Oui, la pluie détruit toujours les forteresses de sable, aussi belles soient-elles. »

Il ne put s'empêcher de rire et ébouriffa mes cheveux en disant : « C'est une bonne leçon, fils. »

C'était la seconde fois qu'il m'appelait fils, et je me souviens du regard chaud qui avait accompagné ses mots. Plus tard, il m'affirma qu'il ne s'y connaissait pas plus que moi en bateau. Néanmoins il se lança : il ne lui fallut que deux coups de sabre pour abattre un arbre dont le tronc faisait bien un pas de diamètre. Je me souviens de l'agonie de ce géant, du fracas de sa chute. Et à cette époque, où je n'étais qu'ignorances, je ne pus m'empêcher de penser à mon père, aux désillusions qui l'attendaient. La mort d'un arbre n'est jamais sans conséquence, que ce soit sur le monde ou sur l'esprit.

Arpentant le tronc pour apprendre les vertus de l'équilibre, j'étais certain que si l'arbre choisi avait eu un diamètre inférieur à la longueur de la lame de son sabre, Musashi l'aurait jeté à terre d'un seul coup. Un seul.

Mon maître frappa à plusieurs reprises l'arbre

terrassé pour en éliminer les branches inutiles, à l'exception d'une qu'il se contenta de raccourcir et dont je n'arrivais pas à comprendre le rôle futur. Puis son sabre hacha le sommet du tronc méthodiquement.

« Ce sabre est magique, n'est-ce pas ?

— Pour toi, il l'est.

— Et pour vous ?

— Il s'agit juste d'un bout de métal un peu particulier, de la corde, des végétaux vitrifiés. Un homme a forgé cette arme, un mortel. C'est lui le magicien, ce n'est pas le sabre qui est magique. Comprends-tu la différence ?

— Je crois.

— Il est des hommes assez fous pour nier tout ce que l'on croit juste ou vrai. Des hommes qui fabriquent des objets comme celui-ci, des objets que la tradition réprouve tant ils sont synonymes de rébellion. Cette arme possède une histoire singulière. Je ne m'en séparerai jamais. Même contre un domaine aussi vaste qu'un ciel d'été.

— Pourtant vous l'avez mise en jeu contre les samouraïs de mon père ?

— Oui, et si j'avais perdu je me serais probablement donné la mort avec, la marquant à jamais de ce que j'ai été pour elle et de ce qu'elle a représenté pour moi. Ce sabre a mille histoires. Je n'en connais que deux : celle de sa naissance et celle qui le mit dans mes mains. L'une est belle, l'autre possède des racines tragiques qui me déchirent le ventre aujourd'hui encore. Une dernière chose : ne t'avise jamais de poser la main dessus, tu n'as pas la moindre idée de ce qu'il t'en coûterait. Cette arme choisit son détenteur et se rebelle toujours contre celui qui ne l'est pas. »

Mes yeux s'illuminèrent. J'étais impatient d'entendre le récit de cette tragédie à peine évoquée, et déjà si puissante dans le paysage quasi désertique de mon imagination.

« J'aimerais bien que vous me racontiez ces deux histoires, lui dis-je avec une certaine précipitation.

— Pourquoi ?

— Elles doivent être pleines d'enseignements. »

Il me regarda. Ses yeux pétillaient.

« D'enseignements ? Ou de batailles sanglantes et de femmes lascives ? »

Une fois de plus, je rougis et baissai les yeux. Il ébouriffa l'obscurité de mes cheveux, avant de s'asseoir dans le sable, à l'ombre du tronc vaincu. Je m'assis en face de lui, le soleil dans les yeux, et il commença à me raconter l'histoire de la naissance de son katana...

7

La légende du *Daïshô** Papillon

*(telle qu'elle me fut racontée
par mon maître Miyamoto Musashi)*

Il était une fois, il y a bien longtemps, un jeune ferronnier du nom de Masamune qui vivait dans la petite ville de Kitami, sur l'épine dorsale du Poisson-Chat Hokkaidô. L'homme était plus rêveur que travailleur, plus artiste qu'artisan.

Une nuit d'été, alors qu'il aiguisait un wakizashi, il assista au spectacle fugitif d'une pluie d'étoiles. Et à sa grande surprise, il entendit un de ces fils de lumière frapper le mont O-Akan-Dake. Le grondement secoua la terre ; si fort que les villageois, réveillés dans leur sommeil, sortirent de leur maison. L'étoile avait incendié les forêts. Les arbres brûlèrent plusieurs jours, sous un vent presque absent. Ainsi, le foyer resta circonscrit à flanc de montagne et des pluies intermittentes finirent par l'éteindre. Obsédé par le spectacle de cette boule de feu qui avait frappé la forêt à quelques lieues à peine de son domaine, le jeune Masamune décida de se rendre sur place.

Accompagné de deux ouvriers chinois, les seuls qui avaient accepté de le suivre contre un sac de riz chacun, il remonta la vallée, passa un col, progressant sous le couvert des frondaisons estivales. Après une longue journée de marche, la petite troupe bivouaqua dans une clairière où les Chinois allumèrent un immense feu pour tenir à l'écart les chats sauvages, les démons et les fantômes, qu'ils craignaient tout particulièrement. Par ailleurs, ces ouvriers, de jeunes pères de famille, redoutaient surtout la véritable nature de l'étoile. Ils craignaient de découvrir un dieu tombé sur terre, affamé, qu'il ne fallait en aucun cas déranger. Seule l'opportunité de mettre la main sur tant de riz, pour moins d'une semaine de travail, avait étouffé leur peur le temps d'accepter l'offre d'emploi du ferronnier.

Le lendemain matin, la petite troupe arriva en vue de la forêt incendiée. Ils déterminèrent très exactement l'endroit où le feu avait pris. Là, ils trouvèrent une étrange pierre, un fragment de l'étoile, du métal à l'état brut. Masamune ramassa cet éclat et l'inspecta avec la plus grande attention. Alors que les ouvriers chinois refusaient d'y toucher, il décida de le garder. Il l'enveloppa dans un linge et le mit dans sa besace. Après quelques recherches en spirale de plus en plus large, ils trouvèrent un immense cratère là où l'étoile avait frappé la montagne. Avant d'exploser, l'astre en fusion avait pulvérisé plusieurs arbres. Le cratère faisait plus de cent pas de circonférence. Sa profondeur équivalait à sa largeur. Une collerette de pierres, de terre et de débris végétaux vitrifiés boursouflait le pourtour de l'excavation : une pente sans cesse glissante car sablonneuse, assez difficile à escalader — haute de trois ou quatre pas.

Sans trop se soucier de savoir comment il allait remonter, Masamune descendit dans le fond du cratère et commença à dégager plusieurs débris métalliques, tout aussi dénués d'impuretés que le précédent. Ses ouvriers lui jetèrent une corde et il fit emporter tout ce qui pouvait l'être : les débris, bien sûr, mais aussi les plus belles vitrifications. Certains échantillons ressemblaient à de l'ambre, d'autres à du jade noir, le plus précieux qui soit.

De retour à sa forge, Masamune se mit à l'ouvrage. Il nettoya les débris métalliques et décida d'utiliser ce minerai pour fabriquer une arme unique. N'ayant appris son art de forgeron qu'avec des sables ferrugineux, il dut inventer les gestes susceptibles de transformer ce minerai en fer. Il essaya plusieurs méthodes et se concentra sur celle qui donnait l'alliage le plus résistant, le plus sombre. Sans trahir les gestes ancestraux, précis, qu'il avait appris, répétés maintes fois, il chauffa ce métal, le replia et le replia, encore et encore, jusqu'à enrober un noyau d'acier mou d'un revêtement d'acier dur. Le soir même, épuisé, mais absolument incapable de s'arrêter, il procéda à la trempe de la lame. Comme le voulait la tradition qui avait forgé ses gestes, il trempa le katana en devenir à plusieurs reprises, après en avoir protégé d'une couche de glaise le versant qui ne tranche pas. Le trempage fit apparaître le hamon, la ligne de trempe, parfaite bien que surprenante, ainsi que le grain du métal, qui résultait des opérations répétées de laminage et de pliage.

Le jour suivant, avec ce qui lui restait de matière brute, Masamune prépara une seconde lame, plus courte. Il répéta les gestes appris, ceux qu'il avait dû inventer. Satisfait, il passa à la fabrication des *tsuba**, en forme de papillon, puis à celle des poignées qu'il décora de morceaux de débris vitrifiés qu'il avait préalablement triés, taillés, préparés. Sur chaque poignée, il fit figurer une branche sur laquelle se reposait un papillon aux ailes déployées, prêt à s'envoler. Le jour suivant, il commanda au plus célèbre laqueur du Poisson-Chat Hokkaidô les fourreaux nécessaires à la plénitude de son chef-d'œuvre. Il demanda à cet homme de respecter le décor des poignées, de le sublimer avec de l'or et un sens du détail que Masamune ne possédait pas. Ainsi naquit une des plus célèbres paires de sabres — connue dans tout l'Empire sous le nom de Daïshô Papillon. Aujourd'hui, deux cents ans après leur création, il est des sages pour dire que nulle bataille ne peut briser l'une de ces armes. Ensemble, elles offrent l'invincibilité au juste qui a la chance de les posséder.

8

Une fois son histoire terminée, Musashi m'autorisa à prendre son sabre pour le regarder, à condition d'utiliser un linge épais pour en saisir la poignée ; mais alors que je m'apprêtais à libérer la lame prisonnière du fourreau de laque, il posa sa main sur mon épaule et me fit signe d'en rester là. Je regardai l'arme à nouveau, fasciné par la beauté de ses décorations, noir et or, et la rendis à mon maître en lui posant une question qui me brûlait le ventre :

« S'il s'agit d'un ensemble, comment se fait-il que vous n'ayez que le katana ?

— Je n'ai jamais touché ou même vu le wakizashi. Je le cherche...

— Mais alors comment avez-vous eu le sabre ?

— Voilà une histoire que je te raconterai dans une dizaine d'années.

— Pourquoi ?

— Certaines histoires ne peuvent être comprises que par celui qui a aimé et tu ne sais encore rien de l'amour.

« — Vous avez connu l'amour ?

— Une fois, j'avais à peine quinze ans et, comme toutes les choses mortes, il convient de ne pas trop en parler. »

Musashi passa deux jours à transformer son tronc en bateau. La branche qu'il avait épargnée devait, lorsqu'on aurait encordé dessus une coque miniature, servir de flotteur, et stabiliser l'embarcation.

« Les sujets de l'Empereur-Dragon ne font pas de bateaux de ce genre...

— Oui, dit Musashi. Mais tu verras, ce sera quand même un bon bateau. »

Au petit matin, quand je vis le feu dévorer l'embarcation, je m'empressai d'aller au village pour trouver un seau. En me précipitant, mon pied glissa sur un morceau de branche de la longueur d'un avant-bras. J'en perdis l'équilibre, me fis mal aux fesses et m'écorchai les mains. Je me relevai, les paumes en sang.

Furieux contre le bout de bois qui avait provoqué ma chute, je le frappai du pied. Il alla rouler hors de ma vue.

Dans les habitations rasées, je ne pus trouver qu'une poterie de porteur d'eau. Elle était trop lourde pour mes bras et elle fuyait. Paniqué, la douleur me brûlant les mains, je me mis à crier.

« Au feu ! Au feu ! Notre bateau brûle ! »

Musashi émergea de son sommeil et des buissons qui le cachaient à mes yeux. Son corps sollicité émit une flatulence particulièrement tonitruante.

Les yeux à demi clos, il s'approcha du sinistre. Il n'avait pas l'air pressé de lutter contre les flammes. Il bâilla. Ses lèvres s'étirèrent en un sourire quelque peu méprisant :

« C'est moi qui ai allumé ce feu. C'est ainsi qu'on prépare le cœur d'un bateau. Je vais me recoucher... »

Le feu brûla presque toute la journée. À la nuit tombée, Musashi alla l'éteindre d'un coup de sabre. Un simple coup porté au-dessus des flammes, déplaçant assez d'air pour les étouffer. Puis il commença la finition, il racla le charbon, puis racla le bois qui avait chauffé, avant de raboter le tout avec la pointe de son wakizashi.

Installé sur le bout de tronc resté en terre, dans la position du lotus, il tailla deux grandes rames en observant l'horizon. Quand il eut fini, il prépara un gouvernail qu'il fixa sur le bateau.

Puis il se figea pour se gratter la tête. Il avala la petite croûte recueillie tout en regardant le bateau. Puis il regarda la mer, lointaine.

Il avait construit son bateau bien trop loin des vagues pour que nous puissions l'utiliser. Et son embarcation devait être lourde comme un buffle, impossible à tirer dans le sable sur une telle distance. Ce que je lui fis remarquer.

« C'est ta faute, me rétorqua-t-il. Tu n'avais qu'à y penser avant.

— Ma faute ? Ce n'est pas moi qui ai coupé l'arbre, ce n'est pas moi qui ai construit un grand bateau avec deux coques. En plus, je ne vois même pas pourquoi nous devrions quitter les terres de

75

mon père. Surtout pour aller voir des villageois qui se sont enfuis.

— La mer qui lèche les îles de Kido appartient aussi à ton père.

— Les îles de Kido ? C'est un repaire de pirates, un véritable coupe-gorge. Nous n'allons pas là, n'est-ce pas ?

— Pourquoi ? Les villageois qui ont survécu aux samouraïs de ton père sont allés se réfugier là-bas, *eux*. Cet endroit en vaut bien un autre.

— Je ne crois pas, du moins pas pour moi... c'est dangereux !

— Oui et d'ailleurs c'est en partie pour ça que nous y allons... Et trouve une solution pour le bateau ; je ne l'ai pas construit pour qu'il serve de forteresse d'été aux crabes des palmiers ! Je suis fatigué, je veux dormir. Surtout, ne me réveille pas ! »

Alors qu'il ronflait, je passai la nuit à chercher une solution pour amener le bateau aux vagues, ou les vagues au bateau. J'avais pensé creuser un sillon dans le sable, un sillon assez large pour que la mer s'y engouffre et emporte l'embarcation. Mais trois cents pas séparaient celle-ci des vagues les plus aventureuses. Il aurait fallu creuser très profond et évacuer rigoureusement le sable pour que le sillon ne se rebouche pas sans arrêt. Dix hommes et plusieurs semaines de labeur n'y auraient pas suffi. Nous n'étions que deux et je n'avais pas envie d'y passer dix ans.

Épuisé, j'essayai de dormir, mais mes mains me faisaient si mal que je dus me résoudre à veiller.

J'attendis l'épuisement total. Sans succès. Mes mains m'élançaient, si douloureuses que j'en pleurais. J'avais trop attendu pour les soigner. Le sel présent dans l'air marin les brûlait impitoyablement, sans jamais me laisser de répit. J'étais tombé car mon pied avait roulé sur un bout de bois et c'est alors que l'idée me gifla de toutes ses forces : pourquoi le bateau, à son tour, ne pourrait-il pas rouler sur plusieurs bouts de bois ? Un bout de bois régulier, ce n'est rien de plus qu'une roue très très large.

Je réveillai Musashi d'un coup de pied. Ce qui faillit bien me coûter la vie en sus de la mèche de cheveux que le vent emporta. En sueur, le rônin avait posé son sabre sur mon épaule, le tranchant de l'arme à un pouce de ma gorge.

« Je t'avais dit de ne pas me réveiller !

— J'ai une bonne raison.

— J'espère pour toi qu'elle est de qualité supérieure à celle du tas de planches sur lequel tu voulais que nous naviguions.

— Mon tas de planches, comme vous dites, je l'avais construit près des vagues, *moi*. Je sais comment pousser le bateau jusqu'à l'eau. »

Je lui expliquai mon plan, mon idée quant aux bouts de bois, leur longueur minimum, leur diamètre. Je lui expliquai aussi qu'il fallait légèrement déséquilibrer l'embarcation pour ne pas avoir à mettre de bouts de bois sous le flotteur. Il grogna, se mit les doigts dans le nez puis se rendormit sans rien dire.

Peu après, je réussis à mon tour à rejoindre les jardins du rêve.

Quand mon maître me réveilla, la matinée était bien entamée et les vagues léchaient le bateau. L'embarcation oscillait doucement sur l'eau salée, attachée à un pieu coincé entre deux rochers.

« Nous pouvons partir », me dit-il.

Je savais qu'il avait utilisé mon idée. L'état des arbres autour de moi le prouvait, il n'en restait que des bouquets de branches tordues ou insuffisamment épaisses. Musashi me regarda en souriant :

« J'espère que tu sais naviguer. »

Évidemment je ne savais pas. Ce qui n'avait guère d'importance, car il connaissait bien la mer, les vents, les courants. Il avait menti en me faisant croire le contraire.

9

Nous allâmes vers l'est. Musashi n'utilisait qu'une seule rame sans jamais changer de côté et pourtant l'embarcation ne tournait pas en rond. Son geste était particulier, quand il le finissait, il se servait de la rame comme d'un gouvernail, terminant sa poussée tout en fluidité et en puissance. Face aux vagues prises de face, le bateau affirmait sa stabilité rassurante, montant et descendant sans heurt. Mais quand les vagues commencèrent à nous prendre par le travers, je vomis, plusieurs fois, jusqu'à ce que mon corps n'ait plus rien à rendre.

Nous arrivâmes en vue des îles de Kido à la nuit ; le soleil mourait en embrasant nos dos. Comme j'aurais dû m'y attendre, ces îles n'en étaient pas. Il s'agissait d'immenses villages flottants et fortifiés, aux murs extérieurs surmontés de nombreuses tours de guet. Les guetteurs passaient des journées entières à la recherche des jets d'eau que crachent les monstres de Shô juste avant de crever la surface de la mer.

Suki m'avait dit que l'encre de Shô était un poison pour ces immenses animaux marins, qu'ils étaient *heureux* qu'on les débarrasse des conques accrochées à leur peau. Si on en croyait les concubines, détentrices d'opinions et d'informations sur toutes choses, il n'existait pas de poison plus toxique, plus mortel, qu'il soit ingéré ou projeté sur la peau.

Je dormais quand nous accostâmes. On me prit. Une femme qui me pressa contre ses seins lourds. Avec délicatesse, elle me transporta dans une maison pour me coucher sur un tatami. Ce voyage pourtant bref me réveilla, si bien que j'entendis parfaitement la conversation qui s'ensuivit et n'eus qu'à attendre le lendemain pour donner un nom à l'interlocuteur de Musashi. Il s'agissait du chef de la cité qui nous avait accueillis. Un pirate qui, visiblement, connaissait bien mon maître.

« Tu as kidnappé le fils du Seigneur Nakamura ? Pour que nous puissions récupérer nos anciennes terres ?

— Non. Son père me l'a confié. Je suis ici pour le guider sur la Voie du Sabre...

— Celle qui te mène nulle part, jour après jour. » L'homme rit. « Le vieux Nakamura ne peut pas payer l'impôt impérial, il n'a pas assez d'encre de Shô et l'Empereur cessera bientôt de le défendre tacitement contre ses ennemis. Parce qu'il est acculé, tôt ou tard, Nakamura enverra ses samouraïs ici pour acquérir en une seule bataille plusieurs années d'impôts. S'il avait accepté nos prix de vente, beaucoup de vies auraient été épargnées et il ne serait pas en si fâcheuse position. Avant que ses samouraïs ne rasent notre village, nos prix étaient plus que raisonnables au vu du danger que représente la pêche des *hora-gai**. Nakamura aurait dû avoir plus de considération pour les gens de mon village. Ainsi, aujourd'hui, il pourrait payer l'impôt et l'Impératrice-Fille serait prête à engendrer.

— Je sais cela, annonça Musashi avec un ton trahissant une certaine lassitude. La femme aux lucioles m'a tout raconté, elle connaît toutes les activités de la Metsuke sur l'ensemble du fief Nakamura ; un de ses amants parle beaucoup trop, il parle en dormant, surtout si on le fait boire et, comme tu le sais, elle a toujours une outre qui traîne quelque part. Ils attendront que vous ayez beaucoup d'encre de Shô pour vous attaquer, pour vous tuer... tous. Vous êtes un affront. Ils attendront la prochaine pêche et vos cités fortifiées ne résisteront pas à leurs canons.

— Et que feras-tu s'ils viennent pendant que tu te trouves ici ?

— Je serai ici quand ils viendront, sois-en sûr, j'attendrai le temps qu'il faudra. Je veux que l'enfant assiste à la bataille. Je n'interviendrai pas. Je me contenterai de le protéger.

— Je l'ai fait porter ici... Il dort.

— Il ne dort pas, répondit Musashi, son souffle est trop court. Il nous écoute, mais il n'est pas encore assez discret pour que nous ne puissions pas nous en apercevoir. »

10

Les jours qui suivirent laissent encore aujourd'hui dans ma bouche le goût profond de l'ennui, auquel succéda celui de la peur. Durant trois longues journées, aucun événement notable ne déchira le calme marin des îles de Kido. Musashi avait retrouvé une jeune femme qui appréciait sa compagnie et supportait ses tares, si bien qu'il me laissait la plupart du temps flâner de maison en tour de guet, de tour de guet en ponton. Je traînais le plus souvent au sommet des fortifications où je m'exerçais à garder mon équilibre, affrontant les dieux du tangage et du roulis. Là, j'observais la vie des pirates.

L'activité ne cessait jamais sur les trois cités flottantes. Leurs habitants semblaient toujours dans l'attente ; ils passaient la majeure partie de la journée à scruter les flots et vaquaient à leurs occupations avec une nonchalance que je trouvais difficilement supportable. Même de nuit, à l'aide de feux réfléchis par d'étranges miroirs mobiles, une dizaine de guetteurs surveillaient la mer ; inlassablement, ils éclairaient les vagues, à la recherche des monstres de Shô. De jour, les hommes pêchaient, réparaient les habitations endommagées, en construisaient d'autres, ravaudaient les filets. Les femmes fabriquaient des vêtements, préparaient la soupe, des conserves, nourrissaient les volailles prisonnières d'immenses cages suspendues au-dessus des flots.

Les enfants, conscients de ma véritable identité — forcément —, ne s'attaquaient pas à moi et m'évitaient le plus clair du temps. Peut-être à cause de la présence de Musashi. Seule une petite tigresse osa me parler ; elle me traita de mangeur d'herbe, en raison de la belle couleur verte de ma langue. Je crois qu'elle cherchait un camarade de jeu, mais ses compagnons lui ordonnèrent de m'éviter. Après cet événement, ils radicalisèrent leur attitude, m'interdisant de me joindre à eux, faisant comme si je n'étais pas là, comme si je n'existais pas. Une situation devenue un amusement comme un autre... pour eux.

J'en souffrais et je n'avais rien à faire, sinon regarder la mer, toujours différente, toujours dénuée d'intérêt. L'attente me torturait. Si bien qu'au quatrième jour j'allai trouver mon maître. J'avais préparé ma requête avec soin : « Si je dois arpenter la Voie du Sabre, peut-être est-il temps de m'en mettre un dans les mains. »

Je le trouvai ronflant, étendu sur un tatami. Il puait la bière de riz. J'allais le secouer du bout du pied quand une main couvrit ma bouche. Des lèvres s'approchèrent de mon oreille. Les doigts posés sur mon silence sentaient le jasmin.

« Si j'étais toi, me dit l'inconnue, je ne ferais pas ça. Il n'aime pas être réveillé, sauf par une femme le chevauchant et je te vois mal dans ce rôle. »

Elle me tira derrière la cloison coulissante, la ferma sans même écorcher le silence. La cité flottante, qui n'était pas totalement rigide pour ne pas se briser les jours de tempête, possédait une architecture singulière. Ainsi, les cloisons coulissantes glissaient le long de guides suspendus et non sur le sol. Je n'avais jamais rien vu de tel. Les pirates avaient respecté les contraintes de leur mode de vie sans perdre les bases de l'architecture traditionnelle. Parfois, j'oubliais que je me trouvais au milieu de la mer, pensionnaire temporaire des cités flottantes que les sujets de l'Empereur-Dragon surnommaient les îles de Kido.

Un métier à tisser encombrait en grande partie la pièce où la femme m'avait attiré : de larges pans de tissus décorés étaient accrochés au mur, d'autres avaient été empilés dans un coin. Certains me semblèrent superbes.

« Un coup de pied l'aurait mis de mauvaise humeur, m'annonça la tisserande, de très mauvaise humeur. »

Je ne trouvai rien à répondre. Comme les doigts fins de l'artiste découvraient ma bouche, je me retournai pour la regarder. Je la voyais pour la première fois. En trois jours, je ne l'avais même pas entraperçue. Ses longs cheveux libérés — ce qui était rare, même dans un village — semblaient vouloir cacher ses oreilles. Instinctivement, je portai mes mains à sa chevelure. J'écartai cette cascade sombre et grimaçai en apercevant ses cicatrices. Parce qu'elle chaussait des sandales à semelles épaisses, j'avais été obligé de lever légèrement les yeux pour la regarder.

« C'est lui qui t'a fait ça ? C'est Musashi...

— Comment peut-on être aussi loin de la vérité ? Ce sont les samouraïs de ton père, jeune Nakamura Mikédi, qui m'ont mutilée de la sorte. Lassés de jouer avec moi, ils m'ont tranché les oreilles et les ont données à leurs chiens de guerre. Ils allaient me couper le bout des seins quand un villageois armé d'une lance s'est interposé, me laissant le temps de m'échapper. Ils l'ont tué, évidemment.

— Tu mens, aucun samouraï ne ferait ça à une femme, c'est contraire au Bushidô. Les samouraïs de mon père sont de bons samouraïs.

— Tu es trop jeune pour comprendre que les choses ne sont pas toujours ce qu'elles semblent être. Les samouraïs se comportent parfois comme des assassins, cela dépend des circonstances, des ordres qu'on leur a donnés au préalable. Le froid transforme l'eau en glace ; les jours de pillage transforment les samouraïs en assassins, en violeurs... »

Je regardais ses plaies. Le temps les avait refermées, mais il ne s'agissait que d'une apparence. Je compris alors qu'une plaie cicatrisée pouvait rester douloureuse à jamais. Je plongeai dans les puits noirs de ses oreilles manquantes et il me fallut beaucoup de temps pour poser une nouvelle question.

« Tu entends ?

— Mal, mais j'entends. Par contre, j'ai de plus en plus de difficulté à doser la force de ma voix, je ne sais jamais trop si je chuchote ou si je crie.

— Depuis tout à l'heure tu parles doucement, mais je t'entends très bien. Je comprends mieux ce qui s'est passé ces derniers jours... Musashi est allé à la forteresse de mon père pour te venger, n'est-ce pas ? Il a humilié les samouraïs du clan en supposant que mon père les ferait mettre à mort.

— Peut-être. Je ne sais qu'une chose : il tuera tous les hommes qui m'ont fait ceci. Je l'ai vu dans ses yeux. C'est ce que Musashi m'a dit. Il m'a aussi dit qu'il tuera de ses propres mains celui qui menait.

— Qui ? Mon père ? Était-ce mon père ? »

À ce moment précis, dehors, un guetteur cria : « Monstres en vue ! »

Il répéta son cri à plusieurs reprises. La jeune femme me regarda et me dit : « Il faut aider.

— Tu n'as pas répondu à ma question. »

Elle fit mine de s'en aller, comme si *aider* était plus important que tout le reste. Je lui saisis le poignet si fort que je crus avoir brisé ses os. Mon acte, d'une violence physique et morale dont je ne me serais jamais cru capable jusque-là, m'étonna. Je n'étais encore qu'un enfant, mais par bien des côtés je ressemblais déjà beaucoup à mon père.

« Réponds à ma question !

— Tu me fais mal, jeune Nakamura Mikédi. »

Elle m'avait appelé par mon nom et prénom, pour la seconde fois, comme pour me faire comprendre que j'étais coupable de quelque chose. Néanmoins, ses mots ne m'obligèrent pas à la relâcher, bien au contraire. Je serrai son poignet un peu plus.

« Tu n'es qu'une femme et je suis le fils de ton seigneur de la guerre. Tu dois répondre à ma question ! »

Un violent coup de bâton me faucha les talons en une explosion de douleur si violente que je tombai, obligé de lâcher le poignet de la tisserande. J'essayai de me relever en poussant sur mes bras, mais un coup de pied, encore plus violent, me retourna sur le dos. Musashi me surplombait, son pied droit m'immobilisait en appuyant sur ma gorge. Les dépôts blancs et les crevasses d'un long sommeil alcoolique dévoraient ses lèvres. La nuit ébouriffait encore ses cheveux sales. Et ses yeux brûlaient de noir, un incendie de ténèbres. Je connaissais ce regard. Il me terrifiait. Sur sa poitrine tatouée, la femme lascive ne l'était plus, elle était en colère, me foudroyant du regard, sa chevelure en ébullition comme mille anguilles agressives.

Autour de nous, j'entendais les gens s'affairer, je voulais que la femme réponde à ma question, je voulais que Musashi cesse de m'écraser la gorge et je voulais aussi voir les monstres de Shô car j'entendais les guetteurs crier encore et encore. Et dans le chaos de leurs voix, je distinguais à la fois une joie certaine mais aussi la peur de la mort.

« La prochaine fois, tu mourras ! cracha Musashi. Jamais homme honorable, vivant selon le code du Bushidô ou suivant la Voie du Sabre, ne brutalise plus faible que lui sans raison valable, que ce soit une femme, jeune ou âgée, un enfant, un moine ou un vieil homme. Tu dois te montrer respectueux des autres, il n'existe ni inférieur ni supérieur. Tu ne peux pas dire à une femme : *tu n'es qu'une femme*. Tu ne peux pas lui saisir le poignet ou la prendre de force. Un seul de ces gestes peut briser mon enseignement à jamais, t'écarter définitivement de la Voie. Si tu accordes un minimum de valeur à ton existence, tu te dois de respecter les autres. Crois-tu que tu pourrais dire à l'Impératrice-Fille : *tu n'es qu'une femme* ? J'aimerais voir ça : elle te dévorerait vif avant que tu aies fini ta phrase, en commençant par l'alevin qui pend entre tes jambes. Les Empereurs-Dragons se délectent du foie tiède de leurs victimes. Cette leçon ne se répétera jamais, jeune Mikédi. Jamais. La Voie du Sabre est respect de l'autre, avant toute autre notion. Respect pour tous, les ennemis y compris.

— Elle n'a pas répondu à ma question et vous connaissez la réponse, l'un comme l'autre.

— Elle voulait te protéger. Te protéger de toi-même. Ne fais pas de ceux qui t'aiment des ennemis... C'est ainsi que le monde se brisa pour bien des puissants.

— Je veux savoir si mon père menait ceux qui l'ont mutilée. »

Il retira son poids du pied qui broyait ma gorge.

« Tu n'es pas en position d'exiger quoi que ce soit, mais comme tu veux souffrir, comme il s'agit de ton souhait immédiat, je vais répondre à ta question. Qu'est-ce qui te ferait le plus de peine, le plus de mal : que ce soit ton père qui ait possédé de force Akiko avant de la mutiler...

— Possédé ?

— Violée, humiliée, souillée, rouée de coups. Tu veux plus de détails, tu veux que je te raconte toutes ces choses horribles qu'elle a subies ?

— Non. Visiblement ça ne fascine que vous...

— Qu'est-ce qui te ferait le plus de mal ? Que ce soit ton père, Nakamura Ito, ou Kaitsu, le samouraï qui te considère comme son fils et que tu considères comme ton guide spirituel, ton second père ? Laquelle des hypothèses préfères-tu ?

— Aucune.

— Je t'ai amené ici pour que tu voies d'où vient l'encre de Shô et pour que tu voies ce qui arrive quand j'ai envie de venger quelqu'un que j'aime. Je tuerai Kaitsu et tu ne m'en empêcheras pas. Personne ne m'en empêchera. Pas même les dieux ! Libre à toi de regarder ou de ne pas le faire. »

À ce moment précis, je compris que je détesterais Musashi, à jamais, et que pour lui j'étais le plus grand défi de son existence : enseigner la Voie du Sabre à l'enfant qui allait bientôt avoir le plus de raisons de le haïr. Malgré mon jeune âge, j'avais compris que rien ni personne n'était en mesure de l'empêcher de venger cette vulgaire tisserande. Tôt ou tard, comme il me l'avait affirmé, il prendrait la vie de Kaitsu — peut-être le jour suivant, peut-être après avoir attendu dix ans.

Musashi se désintéressa de moi. La tisserande se pencha sur moi pour regarder ma gorge. Ne voulant pas qu'elle me touche, je me dégageai aussitôt en évitant toute brusquerie dans le geste ou l'attitude. Voulant oublier ce qui venait de se passer, je courus jusqu'au plus proche ponton afin d'assister au spectacle de l'abordage. De là, je montai sur les fortifications pour embrasser du regard un banc de monstres de Shô. Les hommes avaient gonflé les voiles des cités flottantes, ils avaient sorti les rames et avaient choisi de s'approcher des trois plus grands jets d'eau intermittents. Ces derniers trahissaient la présence des monstres, et semblaient assez puissants pour se révéler dangereux. Je comptai une bonne vingtaine de jets d'eau. Autant de monstres.

« Ils sont gigantesques ! » m'exclamai-je alors que je devinais leurs silhouettes sombres à travers l'eau de mer et ses vagues perpétuelles.

« Je n'en ai jamais vu autant, me répondit la tisserande Akiko qui m'avait suivi, et jamais d'aussi gros. La pêche va être bonne.

— Ils pourraient renverser les îles.

— C'est déjà arrivé dans le passé, mais si nous ne les blessons pas en retirant les conques d'où nous extrayons l'encre, ils se laisseront faire, bien

contents que nous les débarrassions de leurs parasites.

— Ce ne sont que des animaux. Seraient-ils si
intelligents ?

— Les monstres de Shô sont très intelligents »,
dit Musashi. Je ne l'avais pas entendu arriver. « Les
hommes méprisent les bêtes, continua-t-il, ils les
disent stupides, mais la plupart des animaux méri-
tent plus de respect que la plupart des hommes. »

Tout autour de nous, excités comme des puces,
les pirates manœuvraient les cités à l'aide de rames
et de gaffes. Lentement, ils les positionnaient au-
dessus des monstres. La voilure de deux des cités
fut réduite et une des huttes de l'île sur notre droite
vola en éclats, pulvérisée par le jet d'une des bêtes
aquatiques. Dans la cité qui nous abritait, les rames
furent rangées, les voiles carguées. Immédiatement
la ville commença à s'élever, ses habitations gro-
gnèrent, le grognement du bois soumis à de puis-
santes contraintes. Je dus m'accrocher à une ram-
barde pour ne pas tomber.

La cité fortifiée monta encore jusqu'à devenir
une ville sur pilotis, complètement extraite des
flots. Ce qui me permit de regarder le détail de ses
fondations couvertes d'algues et de coquillages,
mais aussi le monstre sur lequel elle reposait. Je
n'avais jamais vu spectacle de ce genre, plus à la
mesure des dieux que des hommes.

Peu après, ce fut au tour de l'île sur laquelle
nous nous trouvions d'être élevée au-dessus des
flots, posée sur le dos du monstre comme une

théière sur un plateau — une théière concave pour un plateau convexe.

J'estimai les monstres de Shô trois ou quatre fois plus grands que les villes qui pesaient sur leur dos. Ils semblaient de la taille de la forteresse de mon père, ce qui, à bien y réfléchir, était terrifiant. Je devinais leurs yeux sous voûte au bout de leur long corps ovoïde ; j'entendais le tonnerre de leur respiration.

Comme les autres enfants et quelques villageois, je descendis sur le dos du monstre pour attraper des langoustes prisonnières des chevelures d'algues. J'en saisis deux que je mis dans le panier d'Akiko. Je savais d'ores et déjà qu'il y aurait une fête. La jeune femme me sourit, me prit la main et me guida près du bord. Si près des vagues que j'eus peur de tomber à la mer et d'être dévoré par un des monstres.

« Dès demain, les hommes plongeront pour récupérer les conques ; on les trouve sur les nageoires du monstre et sur son ventre. Et, dès ce soir, dans chaque cité un enfant plongera pour remonter une hora-gai. Ainsi il deviendra un homme et pourra prendre femme.

— N'est-ce pas dangereux de plonger si profond afin de remonter les coquillages ? J'ai entendu dire que certains poissons géants mangeaient les hommes.

— Ils existent, ils ont un aileron sur le dos. Mais pourquoi y penser sans cesse ? Le danger est partout, tu devrais le savoir. »

J'acquiesçai. Il me sembla que voyager avec

Musashi représentait plus de dangers que la somme de toutes les guerres menées par mon père.

« Vois-tu les conques ? » me demanda Akiko.

J'essayai de suivre la ligne de son bras. Elle visait les flots, les ombres étouffées par les vagues troublées d'écume. Tout son visage s'éclairait d'un sourire sincère. Je regardais, laissant mes yeux s'habituer aux formes occultées par le jeu du flux et du reflux. Au bout d'un moment j'aperçus les conques, massées les unes contre les autres, comme les alvéoles d'un gigantesque essaim. J'imaginais des coquillages plus petits ; ils avaient la taille de gros bébés dodus, la couleur agressive du jaune d'œuf bouilli.

Sous les cent mille étoiles qu'un jour un enfant compta avant de devenir le Vent, il y eut une grande fête. Une tradition pour ces pêcheurs de conques datant de l'époque où mon père ne les avait pas encore chassés de leurs terres. Les festivités, à l'image de la cérémonie du thé qui est rigueur plus que plaisir, se déroulèrent selon des us précis. Comme me l'avait annoncé Akiko, un garçon à peine plus âgé que moi plongea dans les eaux obscures et en remonta une conque. Ainsi, il devint un homme et fit semblant de choisir au hasard une des filles du village. Pour réponse, celle-ci joua son rôle à la perfection, détaillant le jeune homme, lui supposant toutes les tares et lui accordant quand même quelques qualités, jusqu'à ce que le père de famille énonce tous les mauvais côtés de sa fille et que le garçon accepte un tel fardeau. Souriante, elle posa les mains sur les joues de son prétendant afin de sceller leurs fiançailles. Pour rendre hommage au mariage éternel de la mer et du ciel, de l'homme et de la femme, il ouvrit la conque en faisant attention de ne pas se blesser. Il retira le cœur rouge du coquillage qui contenait la poche d'encre et le jeta dans la grande marmite de soupe.

« Je croyais que c'était un poison, dis-je surpris.

— Oui, quand il est pur, me répondit Akiko. Dilué à ce point, chauffé, il habitue les corps des plongeurs à sa grande toxicité. Fête après fête, leur corps devient de plus en plus résistant, si bien que les vieux plongeurs peuvent boire l'encre pure. Elle a pour effet de transformer leur corps, d'allonger la vie ; ces transformations sont si hideuses que peu vont jusqu'au bout du processus. Connais-tu l'histoire de Shô ? Il s'agit d'une légende pleine d'enseignements sur notre société et les règles qui la régissent.

— J'ignore tout de cette histoire...

— Alors écoute attentivement car cette histoire est autant la nôtre que celle des Empereurs-Dragons. »

11
La légende de Shô

*(telle qu'elle me fut racontée
par la tisserande Shizemaon Akiko)*

Il était une fois un jeune pêcheur du nom de Shô.

Il vivait il y a bien longtemps de cela, du temps où l'empire des quatre Poissons-Chats n'en était pas un, où les seigneurs de la guerre bataillaient sans cesse pour étendre leurs domaines. Shô était un grand harponneur et, au cours d'un hiver particulièrement pauvre en poisson, il lutta un jour et une nuit pour tuer une bête de grande taille. Un animal à nageoires comme il n'en avait jamais vu.

Aidé des siens, Shô tira la carcasse jusqu'à la plage de son village. Pressés, car les crabes des palmiers commençaient leur festin, les villageois découpèrent cet énorme poisson capable de les nourrir plusieurs jours. Quand ils s'aperçurent que la chair du monstre avait très mauvais goût — ce qui n'est guère important quand on a vraiment faim — mais qu'elle rendait aussi malade, Shô fut grandement réprimandé. En retournant le monstre, les pêcheurs trouvèrent quelques conques orangées, des coquillages qui leur étaient inconnus.

Certains affirmèrent que le monstre et ses parasites venaient de la mer figée sur laquelle s'égaillent les chevaux du vent — ces montures que beaucoup d'aventuriers avaient tenté de capturer, sans jamais revenir. Le lendemain, en ouvrant une des conques, un pêcheur se blessa, lécha sa plaie et mourut dans la journée.

Shô fut banni. Mais comme il avait compris que les conques contenaient un poison terrible, il les ouvrit avec d'infinies précautions et retira de leur chair plusieurs cœurs rouges gonflés de mort. Privé de son bateau, répudié par les siens, mais aussi par sa femme et ses enfants qui refusèrent de le suivre, Shô alla vendre le poison à la forteresse Tokugawa. Son cœur était lourd comme une pierre.

Peu belliqueux, s'entendant bien avec sa femme et ses concubines, surtout depuis qu'il avait eu un héritier, un garçon, et n'était plus du tout intéressé par les plaisirs de la chair, le seigneur Tokugawa Jideo n'avait pas vraiment besoin de poison. Néanmoins, parce que le rouge de ces cœurs broyés le fascinait par sa vigueur, sa luminosité et sa phosphorescence, Tokugawa offrit un bon prix au jeune Shô, bien plus que ce que le pêcheur avait espéré.

Quelques jours plus tard, le seigneur essaya le poison pour sa calligraphie. Il avait nombre de calligraphes sous ses ordres, comme tout seigneur respectable, mais cette activité artistique était sa seule grande passion, une occupation à laquelle il consacrait presque tout son temps.

Son pinceau trempé dans le poison du pêcheur, il lança ses gestes pour écrire son nom sur une grande feuille blanche incrustée de débris végétaux. En séchant, le rouge ne perdit point de son éclat ; il demeurait très lumineux et était bu convenablement par le papier, ni trop, ni pas assez. Ainsi, le poison du jeune pêcheur Shô devint l'encre de Shô, la préférée du seigneur Tokugawa Hideo, qu'il fallait cependant utiliser avec la plus grande précaution au vu de sa toxicité.

Tokugawa épuisa sa réserve d'encre rouge en moins de deux années. Fébrile, il lança tous ses samouraïs à la recherche du jeune Shô. Ceux-ci trouvèrent sans mal le pêcheur, sur une petite île du fief Hideata où il vivait seul.

Après une rencontre avec son seigneur et maître, Shô devint le chef-pêcheur attitré du fief Tokugawa. Et comme le domaine de ce dernier ne possédait aucun accès à la mer digne de ce nom, Tokugawa lança ses samouraïs et ses *ashigaru** afin de prendre par la force plusieurs seigneuries spécialisées dans la pêche, notamment celle d'Hideata. Shô rassembla alors la plus grosse flotte de pêche de l'époque. Après plusieurs saisons infructueuses, qui faillirent coûter sa tête à leur chef, les pêcheurs repérèrent des monstres et comprirent vite qu'ils pouvaient pêcher les conques sans tuer leurs hôtes.

Et pendant que la pêche était fructueuse, Tokugawa, qui n'avait jamais été aussi heureux de sa vie, même au jour de la naissance de son fils, calligraphiait, peignait.

Cependant... Malgré toutes ses précautions, il s'exposa encore et encore aux vapeurs qu'émettait le poison en séchant. Si bien qu'il se protégea, année après année, de ses effets toxiques. Plus sa peau entrait en contact avec l'encre rouge, toujours accidentellement, plus son corps se transformait, s'épaississait, se développait et se couvrait d'écailles. Intrigué par de telles transformations, il commença à boire de petites doses de poison, au risque de perdre la vie. Sa flotte de pêche lui rapportait chaque année de plus en plus d'encre, bien plus qu'il ne pouvait en utiliser pour sa calligraphie. Non seulement le poison transformait Tokugawa en une sorte de lézard humain, mais il prolongeait sa vie, au point qu'il vit sa femme mourir, ainsi que ses concubines, et même son fils, tombé sous les flèches de la Guerre des Figuiers. Tokugawa pesait le poids de dix hommes quand il mourut. L'année de sa mort, il conçut un autre fils avec sa seconde femme. L'enfant, que le seigneur calligraphe ne vit jamais, naquit en tuant la mère, lui déchirant le ventre. Il ne pouvait en être autrement au vu de sa taille.

Ce fils-dragon est connu dans notre histoire sous le nom de Tokugawa Shô, en hommage au pêcheur. Il fut l'instigateur et le vainqueur de la grande guerre de réunification et devint le premier Empereur des Poissons-Chats Honshu, Hokkaidô, Shikoku, Kyushu. Sept empereurs lui ont succédé depuis. Tokugawa Oshone est le dernier en date. Et il a une fille, Nâgâ.

12

Je regardais Akiko dans les yeux. Elle avait fini
son histoire, mais je voulus avoir le dernier mot :
« Je serai le père du prochain empereur. C'est ce
que mon père veut, c'est pour cela qu'il m'a confié
à l'enseignement de Musashi. »

Akiko m'ébouriffa les cheveux et me dit alors :
« Certains perdent leurs oreilles et arrivent à
être heureux jour après jour ; d'autres ne perdent
jamais rien et ne profitent jamais de ce qu'ils possèdent. Réfléchis à ça, jeune Mikédi. Il faut avoir
beaucoup perdu pour apprécier les choses à leur
juste valeur. La meilleure viande n'a plus de goût
pour celui qui en mange tous les jours. »

Les jours suivants, je ne pus me résoudre à adop-
ter le rythme de vie du village posé sur son monstre ; trop de calme, d'événements répétés à l'infini.
Les hommes ramassaient les conques, broyaient les
cœurs écarlates et préparaient des fioles d'encre
de Shô. Je n'avais pas le droit de m'approcher de
leur travail et Musashi ne s'intéressait guère à mes

déambulations et à mon exaspération. Il passait le plus clair de son temps au lit, seul ou avec Akiko.

Abandonné aux excès de mon bon-vouloir, je commençai à m'entraîner au sabre. Apprentissage solitaire durant lequel je réussis tout de même à assommer une vieille femme qui ne m'avait pas vu, et à briser une poterie pleine d'eau de pluie — un bien précieux dans les cités flottantes.

J'étais en train de m'entraîner avec une gaffe brisée quand les guetteurs signalèrent une jonque. Cela faisait cinq jours que nous nous trouvions sur les monstres de Shô ; cinq journées durant lesquelles les pêcheurs avaient rempli cent fioles de poison, une véritable fortune.

En montant à toutes jambes sur les fortifications, je vis apparaître le bateau sur le dos de l'horizon : une grande embarcation taillée pour la guerre, accompagnée d'une sœur jumelle tout aussi belliqueuse. À cette distance, je n'arrivai pas à identifier les armoiries des voiles. Je priai pour ne pas voir apparaître les étendards de mon père Nakamura Ito : dragon de neige sur fond de sang.

Les guetteurs hurlaient. D'autres soufflèrent dans leur hora-gai. Et, contrairement à mes idées préconçues, les femmes ne se mirent pas à geindre, à pleurer ou à implorer la grâce des dieux. Elles s'occupèrent de rassembler les enfants, de les enfermer dans des maisons bien protégées et de prendre des armes. Certaines plongèrent pour faire remonter les pêcheurs de conques.

Musashi sortit de la hutte d'Akiko, son katana à la ceinture, la lame encore prisonnière de son beau fourreau laqué. Avant que j'aie pu lui adresser la parole, il grimpa au sommet d'une des tours de guet. Je savais que vu de là-haut, j'avais la taille d'un petit scarabée, guère plus. Mon maître en redescendit à une vitesse que je pensais étrangère au corps humain. Comme j'avais reconnu les étendards de mon père, je lui demandai ce qu'il allait faire.

« À ton avis ?

— Vous ne pouvez pas tuer les samouraïs de mon père.

— Pourquoi ?

— Parce que vous êtes mon maître et donc aux ordres de mon père.

— Qui t'a fait croire ça ? »

Je n'avais pas de réponse à cette question. J'ignorais bien trop les règles qui unissent les rônin aux seigneurs qui leur donnent du travail pour pouvoir dire quoi que ce soit. Alors, me voyant perdu dans mon ignorance, il m'expliqua sa vision des choses :

« Je ne suis aux ordres de personne et surtout pas d'un seigneur comme ton père. Tu veux toujours arpenter la Voie du Sabre, Nakamura Mikédi ? »

J'acquiesçai.

« Alors, choisis ton camp ! »

Musashi s'esclaffa et le bruit des canons des jonques de mon père n'arriva même pas à briser son hilarité. La fortification sur laquelle nous nous trouvions fut touchée et toute une partie de l'enceinte extérieure vola en éclats sur deux pas de long ; une brèche assez importante pour que l'ennemi puisse s'y infiltrer. Un boulet toucha un des monstres de Shô. Celui-ci rua sous l'effet de la douleur, donna de violents coups de nageoires, brisant la ville posée sur son dos. Je tournai la tête pour voir les pontons se rompre, les habitations verser dans les flots, de part et d'autre de l'épine dorsale du monstre, qui se cambra encore plus et plongea en créant une vague gigantesque.

Je m'accrochai pour anticiper le tsunami — que mes yeux d'enfant jugèrent terrible, telle la fin de toutes choses — mais qui se contenta de chahuter la ville qui m'abritait.

Les autres monstres plongèrent doucement, sans se cabrer, sans donner de coups de nageoires. Ils n'avaient pas paniqué, comme pour nous protéger de leur puissance. Ainsi, ils rendirent aux flots deux des îles de Kido sans les briser, un peu comme on confie un nouveau-né à son berceau. La ville éparpillée flottait avec difficulté, certaines habitations avaient coulé ; leurs occupants nageaient vers les deux autres cités fortifiées.

Les canons tonnèrent à nouveau, soulevant de gigantesques gerbes d'eau autour des cités flottantes. J'avais déjà vu ces armes à plusieurs reprises, à la forteresse. Il s'agissait d'immenses affûts en forme de dragon, déclinés à partir des modèles portugais que mon père avait achetés lors des premières années de son règne.

« Ils viennent pour l'encre de Shô ! » cria un des pirates.

Mais son cri ne suscita aucune réaction particulière, il traversa les oreilles sans y laisser la moindre empreinte ; tous savaient déjà pourquoi les samouraïs de mon père donnaient l'assaut.

Les fortifications ayant cédé, une sorte d'affolement guerrier régnait sur l'île, les boulets avaient déjà fait quelques victimes et les hommes ramassaient tout ce qui pouvait servir d'arme. Quelques femmes et la majorité des enfants étaient couchés dans les habitations. Mais la plupart des villageoises et des adolescents avaient saisi des *naginata** ou des arcs. Les femmes alignées sur les remparts — Akiko se trouvait parmi elles — décochèrent plusieurs volées de flèches en direction des jonques, alors que les adolescents préparaient des braseros pour enflammer les projectiles suivants.

Je n'avais bien sûr jamais assisté à la moindre bataille, mais celle-ci me semblait d'une stupidité sans nom. Je ne comprenais pas l'idiotie des samouraïs de mon père qui avaient attaqué de jour, en force. Et je ne voyais pas comment les villageois pouvaient lutter contre des hommes, nombreux, dont la guerre était le métier.

Les premières flèches enflammées ne jaillirent des remparts que lorsque les embarcations de mon père se trouvèrent à portée de ces projectiles plus lourds.

Planté au milieu des archères, sur le côté droit des fortifications éventrées, je regardais approcher les jonques. On me demanda plusieurs fois de me mettre à l'abri, de m'accroupir, de me cacher dans un coin. Akiko ordonna même à Musashi de m'emmener loin du chemin de ronde. Mais il n'écoutait pas, peut-être même n'entendait-il pas... Accroupi sur le ponton en contrebas, il avait fermé les yeux. Il attendait.

Je me déplaçai pour mieux voir les jonques. Je reconnus quelques samouraïs : Kaitsu, Masao, Shigeoru. Ils étaient une dizaine en armure complète : le *kabuto**, extravagant, pour protéger la tête ; des brassières en cotte de mailles ; le plastron métallique à l'épreuve des flèches et du plomb ; l'*haïdate** renforcé pour protéger le bas-ventre et les cuisses. Des jambières complètes, comportant elles aussi des protections métalliques, complétaient le tout. Seule une coquetterie grotesque ou la rigidité excessive des traditions guerrières pouvait expliquer l'allure des samouraïs de mon père ; ils donnaient l'assaut engoncés dans une armure qui les empêcherait de nager s'ils devaient tomber à l'eau.

Une ashigaru de quarante fantassins formait le gros de l'assaut. Je vis quelques hommes préparer leurs arquebuses. Visiblement, ces troupes ignoraient tout de ma présence. Dans le cas contraire, ils n'auraient jamais attaqué au canon ou à l'arquebuse. J'aurais cru les espions de mon père bien mieux informés... à moins qu'il ne souhaitât ma mort, ce qui était possible, puisque ma seule présence en ce lieu ne pouvait que constituer une forme de trahison.

En bandant son arme, une archère me mit un coup de coude dans l'œil, si bien que je tombai en contrebas, sur des sacs de riz. Je réussis à me lever au moment précis où les arquebuses claquèrent.

Une dizaine de villageoises et quelques adolescents furent fauchés. Plusieurs corps tombèrent tout autour de moi. L'un d'eux s'écrasa juste à côté. Je reconnus ce visage vers lequel je tendis ma main tremblante. Je ne pus empêcher mes larmes de couler alors que je tentais de prendre Akiko dans mes bras, trop choqué pour trouver les bons gestes. Elle était en train de mourir, le projectile brûlant avait fracassé son épaule et ma main posée sur la plaie échouait à tarir l'hémorragie saccadée. La douleur me broyait le ventre. La poisse ferreuse du sang noyait mes doigts.

« Akiko... »

Je ne la connaissais pas vraiment et trouvai son destin inacceptable. Elle me sourit et essaya de parler. Je fis non de la tête, et ce mouvement fit tomber une de mes larmes sur le ponton ensanglanté. Il ne s'agissait que d'une minuscule goutte d'eau salée, une simple perle de désespoir et de colère, noyée dans le fracas des arquebuses, le bruit des vagues, les cris des blessés et le sifflement des flèches. Mais alors que la larme explosait sur le bois poli et blanchi par le sel, je vis Musashi tourner la tête pour me regarder. J'étais certain qu'il l'avait entendue. Il plongea ses yeux dans les miens, puis il aperçut Akiko. Il se leva sans s'aider de ses mains et se rua vers elle. Il me poussa violemment et la prit dans ses bras. Je le vis enfoncer son index dans l'orifice d'entrée de la balle, probablement dans le but d'empêcher le sang de couler. Mais le cœur de la tisserande avait cessé de battre. Musashi ne pouvait plus rien pour elle.

Il poussa un cri d'une telle puissance que la bataille cessa un instant. Juste le temps d'un battement de cœur. Alors, il me regarda ; ses yeux auraient pu aspirer toutes les étoiles du ciel tant ils brûlaient d'intensité. Ténèbres sur ténèbres. Charbon sur charbon, étouffant encore un temps la lave prête à jaillir. Son visage se contracta tandis qu'il me parlait.

« J'avais décidé de rester à l'écart, à cause de ta présence ici, jeune Mikédi. J'avais décidé de me contenter de tuer Kaitsu. Mais j'ai changé d'avis et c'est maintenant qu'il te faut choisir ton camp ! Choisis bien... Car je vais... »

Il ne se donna même pas la peine de finir sa phrase.

Il était écrit sur les étoffes du destin que les hommes de mon père devaient tuer cette femme, Akiko. Que rien ni personne ne pouvait empêcher cette mort. Pas même le magicien Miyamoto Musashi. Je ne comprenais pas mon maître : le rôle d'un homme n'est-il pas de protéger la vie de celle qui partage sa couche ? Il ne l'avait pas obligée à aller se cacher, il ne lui avait jamais donné le moindre ordre, du moins pas en ma présence. Il l'avait laissée libre, et cette liberté, que je jugeais alors infantile, l'avait tuée.

Prisonnier des veines tendues de sa rage, alors que la bataille n'avait pas cessé, alors que les arquebuses ne s'étaient pas tues, Musashi porta Akiko dans son habitation, au milieu de ses tissages, des vêtements qu'elle avait confectionnés avec soin. Il ne réapparut qu'au moment de l'assaut final. Je l'avais regardé s'éloigner sans réussir à dire le moindre mot. Je pleurais et j'aurais aimé qu'il écrase mes larmes de ses pouces, qu'il me console, me rassure, me serre tout contre lui.

Je ne savais quoi faire. Comment réagir ? Que décider ?

Et choisir mon camp ? Rien ne me semblait plus difficile. Poussé par l'idiotie sans fond de l'enfance, je me ruai vers une tour de guet pour pouvoir assister à la victoire ou à la mort de mon maître. Incapable de mesurer ma vulnérabilité une fois perché de la sorte, je grimpai les échelons à toute vitesse. Je n'étais pas encore arrivé sur le plateau quand un nuage de fumée et de tonnerre jaillit des arquebuses ennemies : ces armes tant désirées par mon père, cette technique occidentale que la mort d'Akiko m'avait obligé, malgré la présence de Kaitsu, à considérer comme indigne.

J'avais choisi mon camp. Kaitsu se trouvait désormais du côté adverse. Pourtant, il restait un père pour moi, il m'avait promené sur ses épaules, il m'avait appris à nommer les armes, les différentes pièces d'armure, les arbres et les animaux. Je lui devais presque tout ce que je savais. Je ne pouvais pas le considérer comme un homme capable de frapper une femme, de la déshonorer.

Sabre à la ceinture, Musashi grimpa sur le chemin de ronde des fortifications. Du bout du pied, il poussa en contrebas les corps inertes des villageoises et des combattants fauchés par le plomb brûlant. Un geste qui me choqua profondément, sans doute parce qu'il avait pris tant de soin à emmener Akiko jusqu'à ses confections. Je ne comprenais pas cet homme, capable de la plus grande douceur et des gestes les plus impolis, les plus irrespectueux qui soient. J'avais l'impression qu'il s'accordait tous les droits, mais que les autres devaient respecter à la lettre ce que lui croyait juste.

Il planta son sabre dans les planches chevillées du chemin de ronde. Je vis dans son regard qu'il n'était plus mon maître, ni même l'homme sale, joueur, qui avait défié et vaincu les samouraïs de mon père. Musashi, désireux de livrer bataille, n'était plus que rage, insondable telle la colère d'un homme qui vient de perdre femme et enfants.

Il déchira sa chemise d'un geste brusque. Elle était détrempée de sang — celui d'Akiko. Non loin de là, les samouraïs et les fantassins de mon père se ruaient dans la cité, à travers la brèche ouverte au canon. Deux volées de flèches les accueillirent, le temps que le corps à corps devienne inévitable. En un saut périlleux impressionnant, Musashi se jeta littéralement dans la troupe adverse. Il se servit de sa chemise gonflée et lourde de sang comme d'une arme : frappant les samouraïs de mon père assez fort pour les assommer, les désarmer, les pousser à l'eau où ils se noyèrent, plombés par le poids de leur armure.

La lance d'un pied-léger désarma mon maître. La chemise pleine de sang fut emportée par le vent et prit des allures de fantôme en montant vers les nuages, puis en descendant vers l'appétit des flots.

Musashi leva la tête pour me fixer droit dans les yeux.

« Pour Akiko... Tuez-les, tuez-les tous. »

Les mots de ma haine quittèrent mes lèvres, si faibles qu'aucun homme n'aurait pu les entendre. Mais à ce moment précis, Musashi n'était plus humain. Juste un cri, un cri de vengeance que je venais de légitimer. Il se rua vers les fortifications, poursuivi par plusieurs fantassins. Sur les autres fronts, les samouraïs de mon père, hérissés de flèches, se débarrassaient facilement des pirates.

En reculant vers son sabre, Musashi exposa aux yeux de tous sa peau tatouée de visages déformés par la douleur. Cette même peau qui accueillait parfois les traits de trente visages victorieux ou calmes. Ce tatouage devait avoir une histoire, comme son katana. Il était magique à n'en point douter, mais pour moi, il tenait plus de la malédiction que de l'enchantement. La femme lascive qui barrait d'habitude sa poitrine tenait maintenant un sabre à la main.

Musashi m'adressa un sourire au moment même où des fantassins essayèrent de le frapper. Il accomplit un saut périlleux arrière pour éviter deux coups de lance et atterrit à portée de son katana, un pied de part et d'autre de l'arme plantée dans le bois poli par l'eau salée. Plus qu'une arme, le cœur d'une étoile forgé, aplani et courbé en un sabre capable de tout trancher.

Musashi saisit son arme et accomplit une démonstration de sa maîtrise du sabre, répétant de plus en plus vite les katas les plus courants. Ainsi, il imposa à l'air saturé d'embruns les formes immobiles d'un dragon d'écume prêt à frapper, presque invisible. La sculpture, qui semblait des plus fragiles, figea tous les assauts dont mon maître était la cible. En quelque sorte, il venait d'immobiliser partiellement la course du temps.

Il ferma les yeux, souffla doucement sur le fantôme d'eau et de sel pour le faire avancer en direction de l'ennemi. Puis il porta le premier coup mortel. Son katana trancha une gorge et le sang bruina sur le dragon-fantôme, le jetant à terre en une pluie soudaine.

L'instant d'après, mon maître commençait à se débarrasser de ses assaillants avec une économie de gestes qui le rendait terrifiant. Je n'arrivais pas à regarder autre chose. Il sculptait la mort à partir de la vie, mêlant l'art au combat, ce qui ne pouvait que déstabiliser l'ennemi un peu plus.

Dans le giclement artériel d'un membre tranché, il dessina un tigre, qui immédiatement se transforma en pluie. En bougeant à peine, pas plus que nécessaire, il esquivait les coups de lances, de sabres, les rares flèches, les quelques tirs d'arquebuse fusant tour à tour vers sa tête ou son buste. Il élimina les fantassins, assez vite, malgré leur grand nombre. Puis il s'attaqua aux samouraïs criblés de flèches, les tuant l'un après l'autre...

Masao, dont la tête vola jusqu'aux flots, à dix pas de là.

Shigeoru, dont les deux bras tombèrent sur le ponton et qui, à genoux, se vida de son sang jusqu'à ne plus pouvoir hurler.

Tous tombèrent et bientôt il ne resta que Kaitsu.

Je n'avais pas vraiment quitté Musashi des yeux, et lorsque mon regard embrassa les deux îles de Kido, je ne pus empêcher un cri de jaillir de ma bouche. Les pontons, les façades, les cloisons en papier de riz, tout était couvert de sang, une étrange calligraphie étouffante, les traits et pointillés d'une écriture funeste. De nombreux corps encombraient les allées, plus de cent personnes mutilées, réduites à gésir. Quelques blessés hurlaient, d'autres agonisaient en silence, les yeux vidés de tout espoir, embrumés par la fumée des arquebuses et des incendies qui couvaient.

Je descendis à ce moment-là de mon perchoir. Et je vomis contre une cloison.

Kaitsu et Musashi se faisaient face. Aucun des deux ne semblait décidé à porter l'attaque en premier. Musashi avait fait signe aux pirates survivants, peu nombreux, de lui laisser ce samouraï. Je crois que Kaitsu était certain de périr s'il essayait de frapper en premier, aussi préférait-il ne pas bouger.

« Tu as choisi ton camp, jeune Mikédi ? me demanda mon maître sans se retourner.

— Entre l'inacceptable et l'inacceptable, je ne choisis pas. »

Kaitsu regarda Musashi :

« Quand Nakamura Ito apprendra ta présence ici, il te fera tuer ; et quand il apprendra que son fils était présent lui aussi, il fera tuer tes proches, les proches de tes proches et tous ceux qui ont eu le moindre respect, la moindre attention pour toi.

— Ce qui inclut plus de la moitié de ses concubines. »

Musashi ne put s'empêcher de rire. Les visages tatoués sur sa peau avaient navigué de la colère au mépris.

« Tu n'es même pas digne de m'adresser la parole, samouraï Kaitsu. On dit qu'un samouraï mis devant la faute accomplie n'a plus qu'une seule voie honorable, surtout si la faute est lourde. Et elle l'est...

— Je n'ai commis aucune faute, je réponds aux ordres, je forge le clan comme on forge la meilleure des lames.

— Ici vivait une femme dont toi et tes samouraïs ont coupé les oreilles. Pour jouer. Après l'avoir violée avec les fourreaux de vos sabres — un acte révoltant, que rien ni personne ne peut excuser. Crois-tu vraiment que tu as vécu selon le Bushidô ? Ou t'ai-je mis à genoux devant la faute accomplie ?

— Ce n'était qu'une femme ! Une paysanne ! Je me souviens à peine d'elle...

— Cette dernière remarque n'est pas pour m'apaiser ; au contraire, elle augmente le poids de ma colère. Elle se prénommait Akiko, née dans le village de Shizemaon que le Seigneur Nakamura Ito a fait raser. Akiko, fille de pêcheurs et tisserande. Elle passait le plus clair de son temps à confectionner des kimonos et je peux te dire qu'elle se souvenait de toi ! »

Les visages qui couvraient la poitrine et le dos

112

de Musashi devinrent bestiaux, rictus et regards de haine pure.

Musashi regarda Kaitsu dans les yeux. Autour d'eux le décor brûlait, les survivants essayaient d'éteindre les feux, de rassembler les victimes, de soigner les blessés.

« Je te laisse le choix, Kaitsu. Tu peux partir, maintenant, en sachant qu'un jour nos routes se recroiseront et que je te tuerai alors. Ou tu peux essayer de me tuer, maintenant. Et comme tu ne peux pas gagner, je te promets de te tuer sans te faire souffrir. »

Kaitsu se mit en garde.

« Pour toi les femmes ont plus d'importance que les samouraïs. Le plaisir a plus de goût que la victoire, la mise à mort de l'ennemi.

— Oui, les femmes ont plus d'importance que les samouraïs de ton espèce : méprisante et veule. Et en violant celle-ci, tu t'es humilié bien plus que tu ne l'as humiliée. Elle t'avait même pardonné. Ce dont je suis incapable. Es-tu un samouraï, Kaitsu ?

— Oui.

— As-tu violé cette femme ?

— Oui.

— T'ai-je mis devant la faute accomplie ?

— Oui ! »

Kaitsu avait hurlé. Un hurlement terrifiant, claquant comme la poudre embrasée de l'arquebuse. Il planta son katana dans le bois du ponton et en brisa la lame d'un coup de pied.

« Je suis un samouraï déshonoré, annonça mon

113

second père. Un samouraï déshonoré ne choisit pas de combattre, il n'a plus assez d'honneur. Je choisis donc le *seppuku**, si tu me laisses ce choix. Comme tu m'as mis devant la faute accomplie, je te prie d'accepter de m'aider pour le rituel.

— Et je ne peux refuser. Car tu n'as pas été déchu de ta charge de samouraï, malgré le poids de ta faute. »

Les deux hommes se toisèrent longtemps, puis se saluèrent.

13

Je voulais voir la cérémonie du seppuku. Je n'aurais pas dû.

Kaitsu vida de tous ses meubles une des habitations désertée par la mort. Il posa son wakizashi devant lui, sur le tatami, propre, dénué du moindre objet. Il demanda à Musashi de faire le nécessaire une fois qu'il aurait répandu ses entrailles et regagné son honneur perdu pour ses frères et les enfants de ses frères.

Ils attendirent le coucher du soleil. Kaitsu me pria de m'en aller, il m'implora de ne pas regarder. Musashi ne me donna ni ordre ni conseil, agissant comme si je n'étais pas là.

Je ne sais pas à quoi je m'attendais, mais tout alla très vite. Kaitsu s'enfonça le wakizashi dans le ventre et l'incisa horizontalement et verticalement, tranchant les muscles qui retenaient ses intestins. Ces derniers cascadèrent dans un flot de sang, une puanteur atroce. Sans attendre, Musashi trancha la tête du samouraï de mon père, ne lui laissant pas le temps de souffrir. Il ne stoppa pas son geste pour autant : de plusieurs coups de sabre, il figea le sang qui avait giclé du cou tranché, il le sculpta en un visage féminin connu, celui d'Akiko. Puis il ferma les yeux. Sur sa poitrine dénudée chaque visage tatoué observait, les yeux grands ouverts, la sculpture immobile et diaphane. Chacun fixait une dernière fois la belle tisserande aux oreilles tranchées. Musashi dit adieu à la jeune femme d'un simple souffle, du bout des lèvres. Alors une pluie de sang arrosa le tatami tout autour du corps inerte de Kaitsu.

Je n'aurais pas dû regarder.

Sur la poitrine et le dos de mon maître, les visages pleuraient. Tous, sans exception. C'est alors que je vis la peau frissonner, se réorganiser pour laisser place à un nouveau visage : celui d'Akiko.

Quelques heures plus tard, surveillé par les cent mille étoiles de la nuit, Musashi monta au sommet d'une des tours de guet. Le silence, les chuchotements, les pleurs habitaient désormais les cités flottantes. Les gens se reposaient, ou continuaient de nettoyer les pontons. Les cloisons. Pour respecter leur tradition, ils avaient rassemblé tous leurs morts. Ils les avaient étendus sur un filet métallique au-dessus des flots, une sorte de cage sans toit qui ne servait qu'à ce genre de cérémonies. Il s'agissait d'un foyer de purification que les mille sommets des vagues mirent des heures à éteindre.

Musashi parlait au ciel. Il récitait un poème. Je supposai qu'il s'agissait de vers chinois, une langue qui m'était inconnue. Il avait un bol de bière de

116

riz chaude pour toute compagnie et semblait décidé à boire, encore et encore. Évidemment, je montai le rejoindre. J'avais trop de questions à lui poser. Il regardait la mer sans la regarder. Je me servis de l'alcool et il ne me fit pas la moindre remarque. Je commençais à comprendre ce que je pouvais attendre de lui et ce que je ne devais surtout pas espérer.

« Auriez-vous été aussi triste si c'est moi qui avais trouvé la mort, aujourd'hui ?

— Non », me dit-il.

Il pleurait. Je vidai mon bol d'alcool. Je ne l'avais jamais imaginé en train de pleurer. Je voulais croire qu'un grand guerrier ne pleurait jamais et à cette époque il était déjà le plus grand de tous.

« Je pleure pour tous ces kimonos qu'elle ne réalisera pas, je pleure pour tous les plaisirs que je ne lui apporterai plus, ce qui est plus égoïste.

— Vous l'aimiez ?

— Pas dans le sens que l'on donne d'habitude à ces trois mots. Mais ça ne m'empêche pas de souffrir, ça n'empêchera pas mes sentiments d'être éternels. Désormais, elle sera toujours à mes côtés.

— Sur votre peau ?

— Non. *Dans* ma peau. »

Il vida son bol ébréché à la santé des étoiles.

« As-tu appris quelque chose aujourd'hui, jeune Mikédi ? À part que rien n'est plus écœurant que le seppuku, la barbarie sous couvert de tradition. J'ai du respect pour le Bushidô, mais ce ne sera jamais ma voie. Si je devais me tuer, je crois que je choisirais la forme qui offenserait le moins mes proches. Le poison sans doute. La vision de toutes ces morts t'a-t-elle servi à quelque chose ?

— Oui... Comme Kaitsu, ou contrairement à lui, selon le point de vue que l'on adopte, je sais désormais qu'il ne faut jamais livrer une bataille que l'on est sûr de perdre. Si j'avais choisi le camp des samouraïs de mon père, vous auriez été obligé de me tuer. Si je m'étais battu à vos côtés, que je perde la vie ou non n'aurait rien changé au déshonneur imposé à ma famille. Aujourd'hui... il n'y avait pas de choix, pas pour moi.

— Maintenant, tu peux recevoir mon enseignement. Si tant est qu'il y ait un enseignement.

— Quel est le secret de votre vitesse et de votre précision ? Comment pouvez-vous sculpter le sang, figer le temps ? Vous avez dit à mon père que vous m'enseigneriez ce secret, qu'il vous faudrait quinze ou vingt années.

— J'ai dit *peut-être*. Je comprends le Secret, mais je ne peux l'habiller avec des mots, ou le mettre à nu avec un dessin. Le Secret me permet de figer le temps, d'être le plus rapide quand le reste du monde devient lent. Un jour, tu comprendras peut-être le Secret, mais ta voie sera forcément différente de la mienne. Il n'existe pas deux voies identiques en ce monde.

— Je veux être le père du prochain empereur ! Telle est ma voie.

— Que d'ambition pour une tête si vide ! Moi qui ai la tête bien pleine, je n'aspire plus qu'au calme. C'est en ça qu'Akiko me manquera : elle m'apportait le calme. La Voie du Sabre n'est que liberté jour après jour, une infinité de tâches à remplir et aucune attache. Je dois permettre aux autres d'être libres à leur tour, voilà la tâche sans fin que je me suis fixée. La liberté est ce qu'il y a de plus précieux en ce monde, ni l'encre de Shô ni l'or ni le pouvoir. Mais nos traditions ont toujours condamné la liberté et l'individualisme ; alors peut-être ai-je tort en toutes choses. »

Ce jour-là, j'appris une chose étonnante : même le plus puissant des guerriers est fragile, et parfois cette fragilité est un avantage.

Dans la nuit, l'océan changea et prit une couleur de cendre, une odeur de cendres tiédissantes. Il s'agissait, à n'en point douter, des cendres de mon enfance, des restes d'un âge calciné. Et au petit matin, je me réveillai surpris d'avoir le sexe dur comme du bois et d'avoir envie de le caresser.

Ce que je ne fis pas, car il faut laisser aux cendres le temps de se refroidir avant de les balayer.

DEUXIÈME ROULEAU

LES BRAISES DE L'ENSEIGNEMENT

1

Après la sanglante bataille des îles de Kido qui vit la défaite des troupes de mon père, la mort de la tisserande Akiko et celle par seppuku de Kaitsu, Musashi m'emmena au sud du Poisson-Chat Honshu, dans un endroit connu sous le nom de « Palais des Saveurs ». Le voyage nous prit deux lunes, durant lesquelles la plus chaude et la plus pluvieuse des moussons de ma jeune existence trempa toutes mes possessions, perça mon corps jusqu'en mes os, et me plongea dans un état de mélancolie que seul le retour du soleil réussit à dissiper.

Grande bâtisse pentagonale aux allures de temple bouddhiste, tout en dorures extravagantes et en frises décorées de liserés vert et rouge, le Palais des Saveurs se dressait, telle une colline de couleurs éclatantes, sur les terres du seigneur Watanabe Tomoji. Il était entièrement entouré par une enceinte haute comme trois hommes que coiffait un chemin de ronde rebondissant de guérite en guérite. Perché au bord d'une falaise, ce domaine dédié aux joies de la chère, et notamment la partie sud de ses murailles, plongeait dans l'ombre, tout l'après-midi durant, un minuscule village de pêcheurs dénué de nom : quelques maisons de joncs et de bambous, construites sur pilotis, de grands filets tendus au soleil dans l'attente d'être ravaudés et une flottille de petits bateaux au mouillage ou tirés sur la plage.

À l'intérieur de l'enceinte du Palais, tout autour du bâtiment principal, de nombreux vergers se partageaient l'espace avec des potagers séparés par des murets, des poulaillers, des bassins pour les poissons, tortues et autres reptiles, et quelques enclos pour les porcs, les buffles, les chevaux destinés à la chasse. Au nord et à l'est du Palais, le riz commun, le riz parfumé, le riz rouge et le riz noir étaient cultivés à flanc de colline dans de longues rizières en terrasses qui semblaient veiller sur les champs dévolus au maïs et au fourrage destinés aux bêtes. Plus au nord, à une lieue environ, derrière une forêt de bananiers et de *sakaki**, un vieil homme et sa femme s'occupaient des nombreux rapaces du Palais : des faucons dressés pour la chasse, gardés dans de grandes volières ombrées par des bambous en bouquets.

Le Palais des Saveurs était célèbre et loué dans tout l'Empire ; on y enseignait depuis plus de cent vingt ans la meilleure cuisine qui fût, mais aussi l'art de la culture des fruits, légumes et condiments, l'art de l'élevage sélectif, celui de la pêche et celui de la chasse. Depuis une douzaine d'années, l'école était dirigée par le cuisinier-chef Shizakawa Yoshishige, grand spécialiste des banquets de mariage, ancien pâtissier officiel du Shôgun. L'école accueillait en permanence une cinquantaine d'élèves d'exception, pour la plupart venus des quatre Poissons-Chats, pour certains originaires du Continent-Éléphant.

Musashi me fit pénétrer sans aucune cérémonie dans les cuisines odorantes de ce sanctuaire du goût. Connaissant visiblement les secrets de ce dédale et ceux qui y officiaient, il me présenta au cuisinier-chef Shizakawa Yoshishige qui préparait le *fugu**. Comme nous étions en train de le déranger dans une tâche qui n'accepte pas la moindre distraction, je l'imaginai sans mal nous faire sortir des cuisines les pieds devant, la tête séparée du tronc. Mais il se contenta de saluer mon maître.

Encore aujourd'hui, je me souviens très bien des mots que prononça ce dernier :

« Ce jeune homme a un peu plus de douze ans. Il est le fils du seigneur de la guerre Nakamura Ito. J'aimerais te le confier deux ans et te récompenser pour toute la patience qui te sera nécessaire pour supporter son manque de maturité, sa mauvaise volonté permanente et son absence totale d'humilité et de manières. »

Le cuisinier-chef Shizakawa me jeta un coup d'œil, me renifla et s'adressa à Musashi tout en continuant de s'occuper de ses poissons empoisonnés :

« Je le sens à peine capable de finir son bol de riz sans asperger ceux qui mangent en sa compagnie. Et je doute fort qu'il soit capable de servir à table sans, à un moment ou à un autre, se curer le nez ou se gratter les fesses. Par ailleurs, je suis sûr qu'il ne sait pas faire la différence entre le doux et l'amer, le sucré et le salé, l'aigre et le pimenté. Que vais-je bien pouvoir faire de lui ?

— Il n'a jamais travaillé et il serait sans doute fort profitable de le mettre au nettoyage des cuisines et des lieux d'aisances, au balayage des allées. Et pourquoi pas lui faire faire un peu de jardinage et d'élevage... Enlever les mauvaises herbes, tailler les arbres fruitiers, brosser les chevaux, ramasser le crottin, ce genre de choses... J'aimerais te le confier le temps nécessaire pour en faire un gourmet plutôt qu'un gourmand, et si possible un bon cuisinier plutôt qu'un mauvais. J'aimerais qu'il se frotte aux poissons et aux crustacés, aux bêtes à poils, à pics, à écailles et à plumes, aux fruits, aux herbes et aux légumes, à toutes les sortes d'épices, les plus rares comme les plus communes, mais je ne suis pas sûr que nous puissions attendre de lui autre chose que des corvées mal faites, entamées et achevées dans la mauvaise humeur. »

Le cuisinier-chef Shizakawa me jeta à nouveau un coup d'œil.

« Et moi qui croyais que tu m'amenais un élève aussi doué que le fut son maître, une future légende...

— Je doute fort que ce ruisselet de fiel devienne un jour un lac de sagesse, mais je peux me tromper...

— Et s'il s'échappe ?

— J'en doute. Mais dans ce cas il ne te restera

qu'à le bastonner à mort, le dépouiller et le vider comme un cochon afin de le cuisiner pour ton amour secret, puisqu'on accorde à la viande de vierge bien des vertus, dont certaines aphrodisiaques. »

Sans en dire plus, Musashi donna dix *ôban** au cuisinier-chef Shizakawa et m'abandonna aux bons soins d'un de ses assesseurs : Yagyu Retsudo. Malgré mes protestations, mes cris de vengeance et un lot de menaces capable de liquéfier le contenu des intestins du plus courageux des samouraïs, Retsudo me jeta aux pieds mes *ustensiles de cuisine* pour les deux années à venir : un seau, un balai, des chiffons, des chaussons neufs et un tablier. Puis il me montra mes quartiers : un tatami dont n'aurait pas voulu une famille de punaises chinoises, placé dans un dortoir long de vingt pas, sentant le chou déféqué, la crasse et le tabac de mauvaise qualité.

Alors que je m'épuisais à protester, à expliquer qu'il y avait là sans doute une forme d'incompréhension, Musashi quitta le Palais des Saveurs pour disparaître de ma vie pendant près de deux ans. Une période durant laquelle, comme prévu, j'appris d'abord à faire le ménage, à jardiner et à m'occuper des chevaux tout en ruminant mille et une formes de vengeance et de tortures. Puis, après quelques mois perdus, on me montra comment faire cuire le riz, préparer les soupes, couper la viande et le poisson et ainsi de suite jusqu'à ce que je sois capable de dresser un repas complet, comestible à défaut d'être parfait. On m'enseigna aussi, durant la seconde année de mon séjour, l'équitation, la chasse à l'arc ainsi que la pêche, au filet, à la ligne et au harpon.

Pendant tout ce temps, mon corps se développa, en hauteur bien évidemment, mais aussi en largeur car j'avais la fâcheuse habitude d'être le premier à profiter de mes progrès et autres découvertes culinaires.

Pendant mon séjour, alors que j'étais là depuis une bonne année, je fis la connaissance d'une souillon prénommée Naishi. Elle semblait travailler au Palais depuis quelques années et ne cachait rien de son attirance pour moi. Nous avions pris l'habitude de travailler ensemble et, un jour, alors que je discutais dans le garde-manger avec elle, je réussis à lui demander si elle avait entendu parler de mon maître.

« Ton maître ?

— Miyamoto Musashi !

— Oh, c'était donc lui le vagabond... personnellement j'ai des doutes, mais il en est pour raconter qu'il fut élève ici, un des meilleurs, il y a très longtemps de cela...

— Très longtemps ? Il n'est pas si vieux. Sais-tu quelque chose à ce sujet ?

— Peut-être. On dit que les femmes de ménage et les cuisinières de l'époque ont beaucoup pleuré quand il a repris la route. Beaucoup. Il y a une légende qui court dans la région. Nul ne sait si elle a vingt ans ou cinquante ans ou même plus que cela. Elle varie beaucoup d'une bouche à l'autre, mais on dit que l'un des personnages de cette légende n'est autre que le jeune Miyamoto Musashi, alors qu'il n'avait que vingt ans et tentait de guérir d'une plaie profonde, loin des terres qui l'avaient vu naître.

— Pourrais-tu me raconter cette légende ?

— Peut-être... »

Elle me tira la langue tout en émettant avec la bouche un son ressemblant fort à une flatulence et, hilare, retourna à ses conserves qu'elle se remit à empiler avec soin. Je m'approchai d'elle et glissai ma main sous sa robe jusqu'à trouver le rebond de ses fesses, entre lesquelles j'essayai d'enfoncer les doigts pour voir si elle était humide.

Elle hurla de surprise, serra fesses et cuisses aussi vite qu'une grenouille qui s'élance de sa feuille de lotus et gloussa.

« Ce n'est pas ça qui va là », m'annonça-t-elle en retirant ma main de dessous sa robe-tablier.

Elle me montra la montagne de sacs de riz qui occupait tout le fond du garde-manger. En grimpant dessus on pouvait accéder aux combles où, à la fin de l'automne, étaient empilés des dizaines de sacs supplémentaires, des réserves pour l'hiver.

Arrivés là-haut, je l'aidai à atteindre le sommet des sacs de riz entassés en la prenant par la taille, apercevant au passage la fine ligne de broussailles noires qui dépassait de son entrefesses, profitant de l'odeur animale et douceâtre qui en émanait. Le souffle court, essayant de masquer au mieux ma fébrilité, je me hissai pour la rejoindre.

« Tu l'as jamais fait, je parie, me dit-elle en jouant avec une de ses mèches de cheveux.

— Quoi ?

— Tu sais bien... »

Elle serra le majeur et l'index de la main droite et fit coulisser à plusieurs reprises son pouce entre les deux. Je voyais très bien où elle voulait en venir, mais je ne savais pas si je devais lui dire la vérité, ou me vanter d'une expérience que je n'avais pas.

Je choisis avec une certaine sagesse la stratégie du sourire stupide et du silence.

Une fois installés confortablement là-haut, elle roula lentement sa robe-tablier, découvrant peu à peu le lait de ses cuisses couvertes d'un fin duvet. Puis, après avoir fermé ses yeux et jeté sa tête en arrière, elle prit ma main droite et la guida, précisément à l'endroit où, au sommet de la fente humide, les peaux sombres, pliées et repliées, protégeaient une sorte de petit bourgeon rose et mouillé, si sensible qu'elle soupira très fort une fois que le bout de mes doigts commença à le caresser avec la plus grande précaution.

« Je veux que tu me racontes cette légende où il est question de mon maître, lui murmurai-je à l'oreille.

— Pas maintenant. Après... »

Je retirai ma main. Elle souffla, à la fois de mécontentement et d'amusement, puis déroula sa robe-tablier.

« Je te trouve dur avec moi...

— Pas encore, mais ça viendra. »

Cela la fit sourire : « Un jour je te laisserai avec la nouille si dure qu'il te faudra te caresser pour que cesse cet enfer, et alors tu comprendras ce que j'endure à l'instant présent. »

Tout en me tirant la langue, elle agita le poing comme si elle poignardait ses cuisses à plusieurs reprises.

« Raconte-moi cette légende, Naishi, et je te promets que tu ne le regretteras pas.

— D'accord, concéda-t-elle en grimaçant, je vais te raconter cette légende, mais après... »

J'acquiesçai, faisant coulisser mon pouce entre mes majeur et index joints, pour lui faire comprendre qu'en fait... j'appréciais beaucoup son espièglerie. Je brûlais d'envie d'entrer en elle afin de me perdre dans sa tiédeur et sa moiteur, mais je voulais encore plus entendre la légende qu'elle avait évoquée. Sous son sourire éclatant de joie de vivre, elle sentait fort le jus de poisson rance et la sueur, et cela ne faisait qu'ajouter à mon excitation. Je regardai le creux à la naissance de sa gorge, j'avais envie de l'embrasser, de le caresser du bout des doigts. Je m'y apprêtai quand elle commença à raconter...

2

La triste légende du seigneur
Chikuzen Nobushiro

*(telle qu'elle me fut racontée
par la souillon Niki-no Naishi)*

Il était une fois un jeune homme audacieux connu sous le nom de Chikuzen Nobushiro, fils unique d'un seigneur chassé de ses terres et assassiné par un de ses pairs. Rendu courageux par l'adversité, Nobushiro mit au défi l'Empereur-Dragon de lui trouver une mission impossible.

« Lève une armée et rejette à la mer celle de Khubilay Khân. Il a envahi le sud du Poisson-Chat Kyushu, d'où tu te dis originaire, et aucun de mes chefs de guerre n'arrive à lui barrer la route. »

À la tête d'une troupe de paysans armés de fléaux, de faucilles émoussées et de bâtons, Chikuzen Nobushiro prit la route de l'ouest, la route des côtes, afin de guerroyer. Et après deux lunes de voyage harassant, le jeune homme se retrouva témoin et acteur privilégié de la terrible bataille de Yokubo, où des milliers d'hommes périrent.

Sur les plages bientôt léchées par d'incessantes vagues gorgées de sang et à l'écume rosie, le jeune Chikuzen se battit avec bravoure, un sabre dans chaque main, tout le jour durant. Au crépuscule, l'armure hérissée de flèches mongoles, il brandit la tête ricanante de désespoir d'un chef ennemi qu'il avait vaincu. Puis, embrassant d'un regard circulaire le champ de bataille jonché de corps auxquels s'attaquaient déjà les crabes et les mouettes, il hurla. On dit que son hurlement fut si terrible que tous les oiseaux du Poisson-Chat Kyushu s'envolèrent de conserve et que ses derniers ennemis, Khubilay Khân y compris, cessèrent le combat sur l'instant pour repartir à la nage vers leurs navires et le Continent-Éléphant.

Ainsi s'acheva la guerre qui opposa l'Empereur-Dragon aux troupes de Khubilay Khân. Et comme l'on se doit toujours de récompenser les hommes qui deviennent légendes, l'Empereur confia au jeune Chikuzen une province du Poisson-Chat Kyushu qui venait de voir mourir son seigneur et ses héritiers, fauchés par le fléau de la guerre contre les Mongols.

Ainsi, Chikuzen Nobushiro devint-il le nouveau seigneur d'Hakata et de l'île d'Iki. Il prit possession de ses domaines et de sa forteresse juste avant l'hiver. Puis il engagea des samouraïs, des archers, vida les caisses pour acheter des bêtes aux seigneuries voisines, qu'il confia séance tenante à ses sujets, dans l'équité autant que faire se peut.

Portés par les ailes et les vents de la paix, l'abondance et le bonheur ne tardèrent pas à revenir sur les domaines d'Hakata et de l'île d'Iki. On murmurait que la pauvreté avait reculé si profondément dans le pays que seule la magie pouvait expliquer un tel miracle. On murmurait que Chikuzen

Nobushiro avait repoussé la pauvreté au fin fond de l'océan, dans le ventre d'un requin mort, comme il avait repoussé les armées du Khân : d'un seul cri. Évidemment, tel n'était pas le cas ; l'homme avait tout simplement de réels talents de gestionnaire.

Au bout de quelques années, alors que le seigneur Chikuzen et sa suite s'étaient totalement installés à la forteresse d'Hakata, semblant y résider depuis une vieille éternité, la mère du jeune homme vint le voir un matin et lui dit :

« Il te faut trouver femme. Un seigneur est fragile sans femme et sans héritier. Un seigneur sans héritier invite au meurtre, au chaos, à la destruction. Veux-tu que toutes ces années de paix finissent dans le sang, car tu ne trouves pas femme à ton goût ? Te marier ne t'empêchera pas d'avoir de nombreuses concubines ou des mignons, si tel est ton penchant... Nul ne te demande de l'aimer, ou de passer du temps avec elle. Il te suffira juste de lui planter quelques garçons dans le ventre et il est des choses bien plus désagréables en ce monde, surtout pour un seigneur. »

Elle revint le lendemain et le jour d'après... Jusqu'à ce que le seigneur Chikuzen réponde enfin :

« Las ! Mère ! Je suis las de vous entendre jour après jour dire la même chose. »

Et le seigneur, sur ces mots, chassa sa mère avant de faire venir les mets. Car en sus de la gestion de ses domaines, voilà ce qui l'intéressait en ce monde de paix, lui qui, d'avoir vu l'horreur de la guerre, n'avait pas tellement envie de vivre les horreurs de l'amour qu'on disait bien pires, pleines de cris, de déceptions, de mensonges et de pleurs.

Chikuzen aimait manger, des plats toujours différents, rarement en grandes quantités. Il était gourmet, raisonnable, et n'avait pas perdu sa silhouette de combattant. À sa table tournaient les plats, dansaient les saveurs, flottaient des parfums plus forts que l'encens, l'odeur secrète des femmes ou le jasmin. Ici, une soupe claire d'algues, de flocons de bonite, garnie de coquillages, de fruits souriant de tous leurs sucres et de quelques fines lamelles d'écorce de citron. Là, le roi des coquillages, l'abalone, finement tranché, coincé entre une neige de radis blanc râpé et un peu de wasabi, ce raifort vert dont la violence sur la langue ne peut que faire pleurer. Ailleurs, le Kaiseki — *se mettre une pierre chaude sur la poitrine* — s'imposait : un plat symbolisant l'automne dans lequel on trouve, disposés avec goût, toujours avec discernement quant à l'arrangement des textures et des couleurs, du tofu, du sashimi de crevette, du crabe frais, des fruits, du fromage cuit enrobé dans de la peau de poulet frit, de la mangue sculptée, des champignons crus, des piments farcis au riz vinaigré.

Mais tous ses plats, aussi excellents fussent-ils, finirent par lasser le seigneur, si bien qu'il commença à regarder ceux et celles qui le servaient et remarqua dans le flot de ses serviteurs affairés une jeune fille qu'immédiatement il fit envoyer là où il n'allait jamais... à la lingerie. Elle se prénommait Kô, un prénom particulièrement laid. Néanmoins sa beauté et la pureté de son teint d'ivoirines tiédies éclipsaient sans mal la laideur de son prénom. Ses cheveux, de la couleur du charbon des profondeurs, contrastaient avec la blancheur pure de sa peau, l'innocence infinie de son sourire timide.

Un soir d'été, où dans le ciel coulait l'ichor des dieux, dont la couleur hésitait entre le rose de la crevette cuite et le rouge de la viande de bœuf fraîchement tranchée, si fraîche qu'elle en laisse du sang sur la lame, le seigneur Chikuzen demanda à voir son cuisinier-chef.

L'homme se présenta humblement.

« Mes plats ne vous satisfont plus, Seigneur ?

— Ils sont excellents, variés, là n'est pas la question. Ils me remplissent de bonheur, flattent tous mes sens. L'ouïe y compris, puisque je m'entends saliver et claquer de la langue chaque fois que tes plats arrivent sur ma table. Cela dit, et je dois t'en faire part, bien que parfaits, irréprochables tant au niveau des cuissons que des arrangements, tes plats sont désormais sans surprise. Il en est même qui se répètent. À ma table, j'attends désormais plus la surprise que le bonheur... L'inédit plus que la perfection... »

L'effroi envahit le visage du cuisinier qui, séance tenante, s'ouvrit le ventre avec son sabre devant les yeux horrifiés du seigneur Chikuzen.

« Quel gâchis ! Ne trouve-t-on plus d'humble artisan sur cette île ? »

Maintenant qu'il était privé de plats passionnants, de mets goûteux à souhait, le seigneur Chikuzen n'avait qu'une peur : celle de voir l'amour resurgir. Ainsi risquait-il de s'intéresser à nouveau à la servante qu'il avait déplacée à la lingerie, cette magnifique et innocente Kô qui devait être bien plus dangereuse que les sorcières de la montagne, les tengu ou le poison du poisson-lune. De la lingerie, qui se trouvait décidément trop près de ses appartements, il la déplaça pour la deuxième fois en quelques semaines, lui confiant l'entretien de lointains jardins où il ne se promenait jamais, préférant déambuler dans les vergers et les potagers attenants aux cuisines, dans les allées des légumes et des aromates, sous les branches croulantes de fruits.

Après deux jours de tergiversations et de jeûne, où il dut se résoudre à emprisonner sa mère pour une période indéterminée, le seigneur Chikuzen Nobushiro fit venir son meilleur samouraï.

« Tu vas aller à Edo, tu vas trouver pour moi le meilleur cuisinier de la capitale impériale, je veux que ce soit un homme et qu'il soit laid.

— Le meilleur des cuisiniers laids ?

— Tu as tout compris.

— Et...

— Oui, pose ta question, je ne vais pas te demander, quelle qu'elle soit, de me montrer la sincérité de tes viscères.

— Et si j'entendais parler d'un cuisinier si bon qu'il pourrait être au service des dieux et si beau que...

— Je vois... Contente-toi de me ramener le meilleur cuisinier d'Edo, on verra ensuite quel type de mutilation pourra nous prémunir contre d'éventuelles catastrophes érotiques. »

Le samouraï partit sur l'instant avec quelque troupe en se demandant pourquoi son seigneur lui avait demandé de trouver un cuisinier laid alors que tout le monde le savait complètement indifférent à la gente féminine et plus encore à la masculine.

Une fois son meilleur samouraï dans le bateau qui devait le mener à Edo, le seigneur Chikuzen demanda à ses serviteurs de lui dénicher le pire cuisinier du château. Il supposait qu'un régime de l'atroce, de l'immangeable, de l'ignoble, de l'insipide et du perverti ne lui ferait pas de mal en attendant que son grand cuisinier arrive et fasse de nouveau exploser les goûts, flamber les parfums et les couleurs sur la table seigneuriale.

« Nous avons trouvé », lui annonça un serviteur terrifié, tremblant de tous ses membres, éclaboussant les alentours de sa sueur fiévreuse, « il n'y a pas pire aux fourneaux, même les chiens de la seigneurie refusent le riz que cette personne cuit. Mais nous ne voulons pas la voir mise à mort, aussi cuisinera-t-elle hors de votre vue, sans jamais que vous sachiez de qui il s'agit.

— Cela me convient », dit le seigneur.

La requête était somme toute d'une impertinence insupportable, mais le seigneur Chikuzen était attaché à la vie de ses sujets bien plus qu'à l'étiquette.

Le jour même, on lui servit deux boules vertes isolées dans une assiette, des crevettes brûlées dans une autre, ainsi que du poisson cru tartiné de wasabi, donc immangeable, sauf à vouloir perdre, sous forme de larmes et de morve, toute l'eau de son corps.

Les boules vertes l'intriguèrent plus que tout le reste : s'agissait-il d'un mélange de riz et de raifort, un mélange de riz et d'algues, un mélange de tofu et d'algues ? Nul ne pouvait le renseigner à part le cuisinier... et il était évidemment hors de question d'avoir le moindre contact avec cette erreur de la nature.

Aucun de ces plats ne lui semblait potentiellement mortel et, d'un coup de baguette précis, il détacha un morceau d'une des boules vertes qu'il enfourna dans sa bouche... À sa grande surprise, il ne trouva pas ça mauvais, ni bon, à dire vrai. Pour être plus précis, la pâte n'avait absolument aucun goût, ce qui pour un plat de couleur verte tenait du tour de force. Il termina la première boule et, repu, la fit glisser avec du thé qu'il recracha immédiatement. On l'avait fait trop fort, trop longtemps infusé. Une horreur liquide, brûlante, âcre comme la bile du thon, qui, par son simple passage, avait dévasté son palais et sa langue pour le reste de la journée, comme s'il avait mangé du papier brûlant recouvert de savon.

Les plats ratés se succédèrent pendant plus d'une lune. Parmi les tentatives les plus terrifiantes, il y eut un poulpe plus dur à mâcher que du cuir de buffle cru, des brochettes brûlées dessus, carbonisées dessous et des boules rouges, confectionnées avec du riz et... l'ignorance était préférable tant leur odeur s'avéra pestilentielle.

Et le samouraï revint d'Edo avec le meilleur cuisinier de l'archipel ; l'homme portait un masque.

Il parla :

« Seigneur Chikuzen, je suis à votre service.

— Je voudrais des plats que je n'ai jamais mangés. Excellents, cela va sans dire, annonça le seigneur de sa plus grosse voix.

— C'est ce qui m'a été expliqué. Les affaires d'émoluments n'étant pas d'une grande politesse, je laisse votre samouraï vous faire la liste de mes conditions au moment qui vous conviendra. Si la moindre de ces conditions ne trouve pas accord de votre part, je disparaîtrai et plus jamais vous ne me reverrez.

— Soit. »

Les exigences de l'étranger masqué paraissaient étonnantes, mais répondaient néanmoins à une certaine logique du secret culinaire. Il voulait pour lui-même des appartements spacieux et gardés par deux samouraïs, choisir ses commis, quitte à donner d'autres tâches aux anciens. Il exigeait de pouvoir porter son masque en toute occasion. Et surtout, il désirait, afin de pouvoir garantir non seulement la grande qualité de sa cuisine mais aussi son extrême originalité, un groupe de chasseurs et de pêcheurs entièrement à son service, payés bien évidemment par la seigneurie, mais qui ne répondraient qu'à ses ordres et instructions.

Étrangement, il ne voulait rien pour lui, en dehors des avantages précédents.

Le premier plat, unique, servi dans la maquette d'un petit bateau de pêche, était d'une incroyable richesse gustative ; il s'agissait d'un volatile cuit en sauce — le cuisinier assura que c'était un phénix — rehaussé de fruits divers et servi sur son nid de nouilles croquantes, le tout entouré de dizaines de coupes contenant une salade de fleurs assaisonnées.

Le seigneur Chikuzen, bien que soupçonnant le plat d'avoir de désagréables origines chinoises, en fut comblé.

Par contre, il fut grandement déçu, le même jour, d'apprendre que la servante qu'il n'avait cessé d'éloigner de sa personne, sans jamais aller jusqu'à la bannir, avait été choisie par le cuisinier comme premier commis. Pire, il apprit que c'était elle qui, avec autant de respect que d'amour, avait essayé de lui faire la cuisine ces dernières semaines.

Pendant des lunes et des lunes, les plats se succédèrent : serpent de mer, grand lézard des montagnes, cochon de lait à la broche, crabe cuit dans des feuilles de bananier, calamars farcis, serpent des enfers aux ailes de papillon, poisson-coffre aux mangues en sorbet, canards, faisans, cailles en brochette et aux litchis, gâteau de tofu et d'œufs de saumon, soufflé aux algues et au gingembre.

Et arriva le jour redouté où le seigneur Chikuzen fit venir le cuisinier masqué, en demandant au préalable de ne porter aucune arme sur lui. Non pas que le seigneur craignît pour sa vie, mais il n'avait aucunement l'intention de perdre un autre cuisinier.

« Mes plats ne vous satisfont plus, Seigneur Chikuzen ?

— Ils sont excellents, variés, toujours parfaits, tant au niveau des cuissons que des arrangements. Là n'est pas la question, ils me remplissent de bonheur, mais ils sont désormais sans surprise.

— Sans surprise ?

— Oui, je reconnais toujours ta patte, ta façon de faire, ton talent, tes épices, ta volonté d'équilibrer le sucré et le salé, l'aigre et le doux.

— Dois-je comprendre qu'il est temps que nous nous séparions ?

— Je ne le formulerais pas ainsi, mais, à moins que tu aies encore quelque chose à me faire découvrir...

— Je peux vous faire un plat qui changera la vision que vous avez de la vie, du moins la vôtre. C'est un plat simple, mais là n'est pas son secret.

— Un plat qui changera la vision que j'ai de ma vie, tu m'intrigues. Quel en est le secret ?

— Il a le goût de celui qui le mange. Mais aussi celui de l'interdit, du plus effrayant des interdits, et après vous l'avoir servi... je devrai partir. Il ne pourra en être autrement.

— Je ne comprends pas.

— Oh si, vous comprenez... Je prendrai mon poids en or pour quitter ce château après vous avoir cuisiné ce plat d'exception. Je suis grand, mais maigre ; mon poids est celui de deux de vos chiens de combat... »

Le seigneur Chikuzen mit quelques jours à réfléchir, période durant laquelle il jeûna, puis il fit revenir le cuisinier.

« Ce plat...

— Oui ?

— Est-ce ce que je crois ?

— Oui, la chair tendre d'une vierge... Son cœur...

— Je vois. Cela restera-t-il entre nous ?

— À jamais, si l'or m'est préparé. Je ferai tuer un cochon, dont je subtiliserai la viande pour la remplacer par celle censée vous combler.

— C'est d'accord. Et la vierge...

— Vous ne voulez pas savoir.

— Il est vrai... Je ne veux pas savoir. »

Le repas fut servi au solstice d'été, quand la nuit est la plus courte de l'année. Dans un bouclier retourné. Il y avait là des brochettes de cœur, des brochettes de foie, de longs lambeaux de viande grillée couverte d'épices venues de pays censés ne pas exister, une cervelle cuite dans une noix de coco et assaisonnée au curry.

« Contrairement aux autres, ce plat mérite quelque explication pour être apprécié à sa juste valeur...

— Vas-y, cuisinier... cela sent bon... Je n'arrive pas à croire que cela puisse sentir aussi bon.

— Je l'ai fait servir dans un bouclier, car ce plat vous protège à jamais en vous débarrassant de la plus inconfortable des faiblesses. Il était une fois une jeune fille, une servante prénommée Kô, qu'un seigneur ne voulait point approcher car il pensait les horreurs de l'amour bien pires que celles de la guerre ; il la déplaça à la lingerie, puis aux lointains jardins où jamais il n'allait se promener. Un jour, son nouveau cuisinier nomma la belle "premier commis" et commença à la nourrir comme il se doit pour faire de sa chair le meilleur des mets. Bien sûr, sans jamais lui en parler ou en parler à son seigneur. Tout cela pour combler celui-ci en le préservant des horreurs de l'amour et en lui servant le meilleur et le plus original des repas.

— Qu'es-tu en train de dire ?

— L'amour consommé est le meilleur des mets, je vous l'offre sans que vous ayez à souffrir de ses horreurs. L'amour est dans l'esprit, voilà pourquoi j'ai cuisiné cette cervelle au curry ; il est dans le cœur, voilà pourquoi je vous offre ces brochettes de cœur ; il est dans la chair, voilà pourquoi ces mille trésors de viandes marinées n'attendent que vos dents et votre palais. »

Le seigneur s'effondra.

Kô. Non, pas Kô. Ce n'est pas possible.

Et jamais ses baguettes ne touchèrent le meilleur plat de son cuisinier masqué.

Alors que la nuit tombait, que le solstice laissait place aux ténèbres et au chant des insectes, un homme, un buffle et une femme quittèrent le château du seigneur Chikuzen Nobushiro. Le buffle portait une belle quantité d'or, la récompense du cuisinier, car bien que non consommé le plat avait été préparé. Et payé. En chemin le cuisinier enleva son masque et regarda la jeune femme, Kô.

« S'il est une chose et une seule qu'il ne faut pas taire en ce monde, ce sont les sentiments d'amour que l'on porte pour quelqu'un, que l'on soit seigneur, vassal, souillon ou cuisinier. Je cueillais des fleurs dans les jardins pour en faire des salades quand je t'ai remarquée. Ton sourire d'ivoirines tiédies a fait de mon cœur un oiseau. Bien sûr, **tu** souriais à cause du masque, tu me croyais défiguré mais, en fait, je me devais de cacher ma prétendue beauté. »

La jeune femme rougit car elle le trouvait de toute beauté.

« Que lui as-tu servi ? demanda-t-elle.

— Du cochon, évidemment. Comme l'anguille remplace avec excellence le serpent de mer, comme le faisan en sauce peut devenir phénix et les lézards de succulents morceaux de dragon, il en est de même pour le cochon de lait... Préparé avec amour, il remplace, comme mets de choix, le corps d'une jeune fille vierge. Qui sait quel goût a la chair d'une jeune vierge ? »

La jeune femme sourit.

« Je ne serai bientôt plus vierge et m'en réjouis... »

Et ils se remirent en marche vers le nord.

Il était une fois un seigneur du nom de Chikuzen Nobushiro, un grand combattant, mais que ni la guerre ni la gestion de ses domaines n'avaient préparé à l'amour. Il aima une femme éloignée de toute noblesse et, refusant de laisser parler son cœur, mourut pendant plus de trente ans, quand d'ordinaire un instant suffit. Il mourut seul, triste, sans famille en aval ; dans l'ombre, les rancœurs et les regrets d'une mère qui refusait de quitter ce monde sans avoir vu naître au moins un mâle héritier.

Il faut laisser parler son cœur, vous diraient le cuisinier et la souillon, car la seule honte en ce monde ce n'est pas d'être éconduit, mais de refuser de déclarer ses sentiments...

3

J'avais écouté la triste légende du seigneur Chikuzen Nobushiro sans dire mot, et je ne voyais
toujours pas en quoi Miyamoto Musashi pouvait y
être mêlé. Il ne pouvait pas être le cuisinier masqué, les dates ne correspondaient aucunement, ni
le samouraï correspondant... À moins que...

J'étais obnubilé par mes réflexions, comparant
ce conte aux faits historiques qui m'étaient connus,
calculant des âges, essayant de me souvenir de la
date précise de la bataille de Yokubo, quand la
souillon Niki-no Naishi se jeta sur moi, releva sa
robe-tablier et m'ordonna de la prendre sans plus
attendre. Elle m'avait probablement dupé avec son
conte cuisinier, prenant le risque calculé de se voir
éconduite avec ménagement.

Je n'avais pas envie de lui obéir, pas tout de
suite. Désireux de lui faire payer sa duperie, je la
basculai sur un sac de riz, saisis d'une main ferme
ses mollets que je poussai en arrière jusqu'à offrir
à ma langue la fleur de son bas-ventre que j'avais
éclose entre mon pouce et mon index.

« Non... » cria-t-elle, visiblement surprise par la tournure des événements.

Je ne l'écoutai pas et bientôt je sentis ses jambes mollir, sa résistance cesser. Son corps se cabra et elle me pria de continuer, de ne surtout pas m'arrêter. Alors qu'elle se cabrait à nouveau je libérai ses mollets et l'aidai à me chevaucher, modérant son rythme affamé. Elle étouffa un petit cri de douleur dans mon épaule mordue et bientôt notre lien fut tracé, une légère traînée de sang sur sa cuisse blanche comme le lait. Ce qui, comme me l'avait enseigné Musashi, était probablement la preuve que je venais de la déflorer.

Quelques jours plus tard, alors que je commençais vraiment à me plaire au Palais des Saveurs, après deux ans de corvées et de brimades ininterrompues, mon maître réapparut avec la violence d'un orage estival. Il semblait plus vieux que lorsque je l'avais vu la dernière fois, ce jour plus ou moins maudit où il m'avait abandonné en ces lieux. Deux années s'étaient écoulées et il en portait cinq fois plus sur le visage.

Naishi m'aida à transporter Musashi dans une chambre d'hôte. Il était épuisé, assoiffé, à moitié mort de faim. Il délirait, parlant sans cesse du petit qui manquait au grand, qu'il n'avait pas su retrouver, malgré deux années de recherches. Bien sûr, il ne s'agissait pas de moi, mais du wakizashi du Daïshô Papillon. Et, comme souvent, Musashi avait abusé de la boisson.

Au petit matin, après avoir été récuré de force

par trois souillons connues pour leur détermination, la puissance de leurs bras et la générosité de leur séant, mon maître me rejoignit aux jardins où je désherbais les parterres. Il avait la peau rougie par le savon et la pierre ponce, mais semblait néanmoins en meilleure forme que la veille malgré ses joues creuses et ses premiers cheveux blancs.

« Qu'as-tu appris, Mikédi, pendant les lunes où tu as travaillé ici ?

— Rien.

— Rien ?

— J'ai appris à nettoyer les ustensiles de cuisine, les marmites et les cotonnades sans faire partir leurs couleurs. J'ai aussi torché la merde des parties communes. J'ai appris à cuisiner quelques plats et j'ai regardé comment l'on cuisinait les autres.

— Alors tu sais cuisiner ?

— Un peu.

— Ainsi, tu as beaucoup appris. Tu as appris que l'on pouvait apprendre en observant. Et qu'il suffisait de pratiquer un peu pour tirer profit de ses observations.

— Peut-être... Quand partons-nous ?

— Demain, tôt.

— Où allons-nous ? »

Musashi me dévisagea et observa tout particulièrement mon léger embonpoint.

« Vers le nord.

— Edo ?

— Non. Tu es encore un peu jeune pour affronter Edo et son Impératrice-Fille. Et des cinq sens, tu n'as visiblement pas beaucoup développé le toucher, ce à quoi il va nous falloir remédier.

— Le toucher ?

— Les souillons, aussi jolies soient-elles, ne suffisent pas à développer le toucher. Elles ne font qu'écarter les cuisses quand d'autres font de leur sexe un véritable fourreau. »

Musashi sourit et se désintéressa de moi pour aller observer les papillons de l'été tout en grignotant du riz vinaigré enroulé dans des algues.

4

Mes adieux avec Naishi furent déchirants, si bien que Musashi me proposa de remettre notre départ à plus tard, alors que nous quittions le Palais des Saveurs.

« Non, non...

— Tu es sûr, jeune Mikédi ? »

J'hésitai. Derrière moi il y avait Naishi et ses cuisses entre lesquelles je me sentais si bien, comme dans un fourreau, justement.

« Tu pourrais rester ici, avec Naishi, l'épouser, lui faire des enfants. Être heureux.

— Je dois aller à Edo...

— Pourquoi ?

— Vous le savez bien, maître...

— Je ne sais rien à ce sujet, rien qui puisse t'aider à faire le bon choix. Mais je peux te laisser quelques jours pour réfléchir et...

— Non... Partons. »

Je savais que si je restais quelques jours de plus, je risquais de ne plus jamais pouvoir partir. J'avais réussi à laisser Naishi derrière moi une fois et je ne voulais aucunement revivre ça.

En observant le visage de Musashi, ses yeux de pierre volcanique polie, je ressentis sa désapprobation quant à mon attitude et quant à ma décision. Il pensait que j'avais fait le mauvais choix, car entre le bonheur et le mirage du pouvoir, j'avais choisi le pouvoir quand il n'est encore que le vacillement d'une image posée sur l'horizon. Musashi avait raison, j'aurais dû passer quelques jours de plus avec Naishi, ces jours qui auraient probablement fait d'elle la mère de mes enfants. Maintenant, alors que j'écris ces mots, je me rends compte que ma vie aurait été tout autre, meilleure sans doute, mais à quatorze ans personne n'est capable de faire un tel choix, surtout quand on vous promet de devenir l'époux de l'Impératrice-Fille.

Nous marchâmes vers le nord durant des mois. Nous dépassâmes Okagawa pour contourner par l'ouest le lac Biwa où nous passâmes l'hiver à couper du bois de chauffage et à réparer des toits ayant cédé sous le poids de la neige.

Quand les premières fleurs percèrent le linceul blanc de l'hiver finissant, y piquant toutes les couleurs du monde, nous reprîmes la route, celle de Fukui, Kanazawa, Takaoka, Toyama, laissant le mont Fuji sur notre droite, puis derrière nous. Enfin, nous arrivâmes dans les faubourgs de Niigata, où nous prîmes la route de l'est, pour passer de la côte occidentale du Poisson-Chat Honshu à sa côte orientale.

5

Un matin, alors que le soleil était levé depuis deux heures et que nous marchions sur la grande route de Koriyama, un toit à quatre pans surgit de la brume sur notre droite. Comme accroché au ciel, il était décoré de silhouettes féminines peintes en blanc, dont les bras rejetés en arrière soutenaient des gouttières sculptées figurant une armée de serpents enflammés. Toutes ces statues avaient les seins nus et les tétins dressés avec exagération, ce qui ne manqua pas de m'intriguer.

Peu à peu, sous ce toit, une construction gigantesque écarta les bancs de brume. Elle prit forme comme un bateau progressant sur la rotondité du monde et dont on devine un détail supplémentaire à chaque instant. Il s'agissait d'une pagode à sept étages. Mais elle ne ressemblait aucunement à un édifice religieux — pas de gong à l'entrée, pas de moine en robe écarlate, jaune ou orange. Aucune statue du Genji à cheval, de l'Empereur-Dragon ou du Bouddha.

Je m'arrêtai pour observer cette pagode et profiter du spectacle de son apparition progressive quand Musashi m'annonça que nous étions arrivés.

« Où ?

— À la Pagode du Plaisir. »

Nous nous engageâmes sur un sentier bordé d'arbres couverts de bourgeons, approchant trop lentement à mon goût de cette construction gigantesque qui me semblait aussi grande que la forteresse de mon père. Dans les jardins attenants, baignés de soleil printanier, des dizaines de jeunes filles plus ou moins vêtues nous souhaitèrent une bonne journée en pouffant. Certaines nous aguichèrent, d'autres hélèrent Musashi et lui proposèrent leur couche, un massage ou un bon bain. Ici aussi, tout comme au Palais des Saveurs, mon maître était connu et reconnu.

Au premier et au second étage du bâtiment des fenêtres coulissèrent et d'autres jeunes filles apparurent dans les cadres. Certaines, enroulées dans une serviette, nous souhaitèrent la bienvenue.

« Allons-nous rester longtemps ici ?

— *Nous* ? Non. Mais toi tu vas rester une ou deux années durant lesquelles il te faudra progresser d'étage en étage. Au premier se trouvent le vestiaire, les bains, la caisse et les filles de la campagne, celles dont l'amour n'est pas le métier. Maladroites, souvent venues de contrées sinistrées, parfois incapables de parler ta langue, elles ne te seront d'aucun plaisir ou presque. Leur rôle se limite souvent au soulagement empressé des hommes désespérés par leur solitude. Au second étage, tu trouveras les filles de la ville, à peine plus douées que les précédentes, mais plus propres, mieux éduquées. Aux troisième et quatrième vivent les professionnelles. Elles ont de l'expérience et souvent l'âge ainsi que les tares qui vont avec cette expérience. Dans leurs bras tu apprendras à toucher le fond de la vie plus que dans tout autre. Mais tu devras aussi te méfier, et refuser de coucher avec celles dont la peau ou le sexe est ulcéré. Les cinquième et sixième étages sont réservés aux geishas déflorées qui chantent, jouent du *koto**, connaissent la plupart des arts et quelques-uns des secrets les plus délicieux de l'amour physique : elles te prendront dans leur bouche ou entre leurs fesses et tu manqueras de défaillir. Le septième étage, but de ton apprentissage de la chair, est le domaine de Dame Nô. Peu ont eu le privilège de la rencontrer. Elle est aveugle, mais il serait bien imprudent de la juger sur la base de son infirmité. Elle connaît toutes les réponses à toutes les questions, mais là n'est pas le plus grand de ses secrets.

— Comment monte-t-on les étages pour rencontrer cette dame ?

— Il faut avoir des jetons blancs pour coucher avec les filles de ferme. Chaque femme satisfaite te donnera un jeton, les filles de ferme te donneront des jetons jaunes, qui permettent d'aller au second. Cinq blancs valent un jaune, cinq jaunes valent un bleu et ainsi de suite. Mais ne grimpe pas trop vite, prends ton temps, car chaque jeton t'est subtilisé par la demoiselle avec qui tu as choisi de passer la journée et la nuit qui y est attachée. Quand tu n'as plus de jetons pour rester à l'étage, il te faut soit monter, soit redescendre au premier. La pyramide de cette école de la chair ne tient que si ta base est forte, que si tu possèdes beaucoup de jetons blancs, puis beaucoup de jetons jaunes et ainsi de suite. Tous les jetons peuvent être échangés à la caisse, ou achetés, sauf ceux qui mènent à Dame Nô. Je te donnerai une vingtaine de jetons blancs, à toi d'en faire bon usage. Ne t'amuse pas à les changer contre quatre jetons jaunes, ce serait une grossière erreur car, à ce jeu, tu n'aurais pas la moindre chance de gagner. »

Musashi m'ordonna de m'asseoir sur un des bancs de l'allée qui menait à la Pagode. Il y passa deux bonnes heures. À son retour, il me confia un baluchon de riz brûlant et deux piles de dix jetons blancs, rangés dans des bambous fendus.

« Voilà », me dit-il alors que j'ouvrais le linge et me brûlais les doigts, trop pressé de manger.

« Vous vous en allez alors qu'il y a toutes ces femmes qui...

— Si je reste maintenant, il me sera difficile de m'en aller plus tard.

— Si la dame du dernier étage est aveugle, comment saura-t-elle que je lui donne le bon jeton, de la bonne couleur ?

— Tu deviens de plus en plus intelligent. Le dernier jeton a une forme bien particulière. Comme je t'envie, tu vas découvrir les secrets de la Pagode du Plaisir, chose qu'il ne me sera plus jamais donné de faire... Le plaisir est dans la quête, Mikédi, pas dans sa résolution. »

J'acquiesçai sans comprendre.

« J'ai payé pour ta nourriture, pour deux années. Pour ce qui est de ta couche, c'est à toi de t'en occuper. Des dortoirs sont mis à disposition des répudiés. Ils se trouvent un peu à l'écart sur les hauteurs. Il s'agit de cabanes que le temps a légèrement éprouvées.

— Vous allez chercher le wakizashi du Daïshô Papillon ?

— Que puis-je faire d'autre ? Il faut rendre hommage au passé, rendre au grand le petit pour célébrer ce qui a été perdu et ne pourra jamais être retrouvé. »

À l'époque je n'avais rien compris de ces mots, mais maintenant que je sais tout des événements qui mirent le katana de mon maître dans ses mains, ces mots me sont limpides. *Célébrer ce qui a été perdu et ne pourra jamais être retrouvé. Rendre hommage au passé.*

« Où le trouver ?

— Je ne sais pas. Je cherche. Il y a bien longtemps que l'histoire a perdu la trace de ce wakizashi.

— Et s'il se trouve au fond de l'océan ou dans le ventre brûlant d'un des Poissons-Chats ?

— Alors, il me faudra vider l'océan, creuser la terre de mes mains jusqu'à m'y enterrer vif. »

J'acquiesçai, mais en fait mon esprit essayait de comprendre ce qui pouvait pousser un homme à désirer tellement un objet, aussi exceptionnel soit-il.

« Je dois partir, jeune homme, profite bien de ton séjour ici.

— Si Dame Nô a la réponse à toutes les questions, elle sait forcément où se trouve le waki-zashi...

— Bien sûr. Mais c'est à moi de le trouver, pas à elle de le trouver pour moi. Une maison qui t'est offerte n'a aucune valeur, seule la maison que tu as construite des années durant en a une. Une fois de plus : le plaisir est dans la quête, aucunement dans la résolution de celle-ci. »

Sur ces mots, avant que j'aie pu poser une autre question, Musashi reprit la route qui nous avait menés ici et disparut sans même jeter un coup d'œil aux femmes qui l'appelaient.

6

Quelques jours me furent nécessaires pour comprendre réellement le système des jetons et j'eus besoin de beaucoup moins de temps pour m'apercevoir que les jeunes filles du premier étage faisaient tout pour ne pas être satisfaites de mes prestations sexuelles (mues par une mauvaise volonté évidente, elles se couchaient sur le dos, toujours dans une pièce plongée dans l'obscurité parfaite, écartaient les cuisses sans conviction ni moiteur et attendaient la fin des ébats ; d'autres se mettaient à quatre pattes, me tendaient leur séant et étaient tout aussi passives et sèches que les premières). À ce jeu-là, j'étais en train de perdre tous mes jetons.

N'ayant plus que quelques jetons blancs en main et absolument aucun jeton jaune, je décidai de changer de tactique et mis mes talents de cuisinier au service de ces dames. Pour me récompenser, alors que je venais de lui servir un repas particulièrement réussi, l'une d'entre elles, Kosube, m'offrit un jeton jaune, que je pouvais soit utiliser au second étage, soit changer en caisse contre cinq jetons blancs. Je suivis le conseil de Musashi et changeai le jeton. Plus tard, je demandai très poliment à Kosube si je pouvais partager sa couche en espérant qu'elle ferait autre chose qu'écarter les cuisses dans l'obscurité et rester passive. Cela me coûta, comme prévu, un jeton blanc. Une fois son corps rassasié, elle me raconta que, comme beaucoup d'autres filles du premier étage, elle n'avait pas d'enfant et était veuve en quelque sorte.

« En quelque sorte ?

— Oui. »

Toutes ces jeunes filles venaient d'un village situé à quelques lieues au nord. Un village dévasté par un terrible fléau.

« Quel fléau ?

— Je ne veux pas en parler.

— Pourquoi ?

— Mon homme et d'autres ont trahi les gens de mon village natal. Beaucoup d'hommes, de femmes et d'enfants sont morts. Et pour d'autres, qui connaissent un sort bien pire que le mien, il aurait mieux valu qu'ils meurent. »

Je ne voulus pas insister davantage.

En menant ma petite enquête, je rencontrai une autre fille qui me parla d'un magicien venu de l'Empire de Qin. L'homme possédait des pouvoirs extraordinaires et commandait des lézards gigantesques. Il avait attaqué le village afin d'avoir le contrôle de la mine d'ambre qui en dépendait. Des hommes s'étaient dressés contre lui, d'autres s'étaient joints à lui pour contrôler le travail des femmes et des enfants, devenus de véritables esclaves. Le seigneur local — un très vieil homme — avait fait attaquer le magicien par ses samouraïs. Tous étaient morts et le magicien de Qin s'était vengé, tuant un à un les quatre enfants du seigneur, ne lui laissant que ses petits-enfants en bas âge et le goût du deuil dans la bouche.

Certaines femmes comme Kosube avaient pu fuir, mais s'étaient vite retrouvées obligées de se prostituer, car personne ne prend une fausse-veuve sans enfants sous son toit. Dame Nô les avait donc toutes acceptées à la Pagode, sans poser de question ou de condition particulière à leur présence.

Si Musashi avait été à mes côtés, je suis sûr que j'aurais pu le convaincre de se battre contre ce magicien venu du Continent-Éléphant. Mais mon maître était parti à la recherche du wakizashi qui lui faisait tant défaut.

À force d'extravagances culinaires et de prestations sexuelles convaincantes, il me fallut trois mois pour thésauriser une centaine de jetons jaunes — une base solide pour commencer à monter dans les étages.

Arrivé au second étage de la Pagode, je m'installai sur la grande terrasse qui surplombait les jardins et me lançai dans la confection d'un festin tout à fait digne de la table de mon père. Je n'avais pas encore adressé la parole à la moindre des jeunes femmes de la ville qui vivaient à cet étage. Je savais que les filles de la campagne avaient, pour

161

certaines, mentionné mes talents culinaires et mes talents d'amant. Cet étage était envahi de clients, à la différence du précédent. Il y avait une évidente logique à cela, les filles de la ville avaient un peu plus d'éducation, étaient moins réservées que celles de la campagne, et restaient financièrement beaucoup plus abordables que les prostituées expérimentées et les geishas.

Attirées par l'odeur de la nourriture, une dizaine de jeunes femmes se joignit à moi. Elles me donnèrent quelques jetons bleus et chassèrent à coups de balai les clients jugés indésirables.

Durant les trois mois qui suivirent, j'enseignai aux filles à faire une cuisine convenable. En échange, je récoltai une véritable pluie de jetons bleus et des cours « gratuits » de massage comme on le pratique dans le Royaume du million d'éléphants*. Une des filles m'expliqua que l'hiver arrivait et qu'il me fallait monter rapidement dans les étages supérieurs si je ne voulais pas avoir froid.

Il me fallut trois mois pour arriver chez les geishas avec une bonne réserve de jetons. Deux jours plus tard, l'hiver et son froid de rasoir rouillé descendait des montagnes comme un coup de tranchoir. Il nous coupa le souffle, vida nos corps de toute vie et recouvrit le monde de sa neige haute comme un homme, que le soleil et le vent mettraient une bonne semaine à tasser. Il nous fallut plusieurs jours pour reprendre le dessus et avoir de nouveau envie de sortir dans les jardins mouvants de l'hiver, veillés par dix mille flèches

162

de glace pendues aux serpents-gouttières de la Pagode.

Les cinquième et sixième étages sont des mondes à part, auxquels rien ni personne, pas même Musashi, ne m'avait préparé. Les arts y règnent en maître, célébrés par des femmes qui passent leur temps à étudier et à prendre soin de leur corps. La musique, qui s'élève vers les cieux, enchante chaque moment de la journée. Il y a toujours des notes de flûte dans l'air, le pincement rythmé du koto, le friselis des tambours de cuir, le jeu des percussions de bronze. Les geishas peignent et dessinent, s'adonnent à la calligraphie, sculptent et gravent, réalisent des laques. Certaines cousent des kimonos pour de grands seigneurs.

C'est au sixième étage que je rencontrai l'amour véritable, celui d'une geisha qui excellait dans l'art des estampes sur bois. Je n'avais alors que quelques jetons noirs que je ne pouvais aucunement changer pour monter au septième. Isheido, car tel est le nom de cette geisha, m'enseigna la gravure sur bois et me fit définitivement oublier la souillon Naishi.

Et un soir, alors que nous avions fait l'amour comme d'autres se noient et ne sont rejetés sur la plage que deux jours tard, Isheido m'annonça sans autre cérémonie que j'avais amplement mérité mon jeton pour le septième étage.

7

Tout en caressant les longs cheveux noirs d'Isheido qui couvraient ses épaules et son dos comme une étoffe, je lui demandai de me parler de Dame Nô.

« Elle protège toutes celles qui travaillent dans cet établissement et connaît tout du secret qui t'obsède.

— Quel secret ?

— Celui de la vitesse et de la puissance de ton maître.

— Elle connaît ce secret ?

— Oui, elle connaît tous les secrets.

— Mais Musashi m'a dit qu'il ne connaît pas son secret. Qu'il n'est pas sûr de pouvoir l'enseigner.

— C'est sans doute vrai.

— Il faut que j'aille voir Dame Nô.

— Je vais te préparer ton jeton. »

Le lendemain, Isheido me donna un jeton de bois sur lequel elle avait gravé mon nom d'un côté et mon âge de l'autre. Seize ans.

Deux samouraïs en armure complète gardaient l'accès au septième étage. Ils me demandèrent mon jeton et je leur dis que je ne le donnerais qu'à Dame Nô en personne. Ils regardèrent mon jeton attentivement et me laissèrent passer en souriant.

Je dus franchir plusieurs pans de tissu épais pour arriver dans une grande pièce décorée avec des paravents et des estampes. À vue de nez, cette pièce devait occuper la moitié de la superficie du septième étage. Une vieille dame était assise dans une sorte de mare de coussins brodés. Des chats l'entouraient, des adultes comme des bébés. Ils avaient tous les oreilles repliées vers l'avant, ce qui, je suppose, devait leur donner une valeur particulière. L'un d'eux cracha à mon approche.

Je saluai Dame Nô et lui confiai mon jeton.

Comme me l'avait dit Musashi, elle était aveugle — yeux blanc sur blanc — et semblait avoir plus de cent ans. De toute ma vie, je n'avais jamais vu de personne aussi vieille. On aurait pu cacher un pays entier dans les plis et replis de ses rides.

« Assieds-toi et ne dis pas un mot. »

Je m'exécutai. Elle s'approcha de moi et me palpa le visage encore et encore. Elle pressa ses doigts sur l'arête de mon nez et les enfonça dans mes tempes, assez fort pour que disparaisse le léger mal de tête qui m'incommodait depuis la veille.

« Reviens avec un jeton gravé et je te donnerai ton masque.

— Mon...

— Je t'ai ordonné de te taire pour t'éviter de

contracter une grosse dette envers moi ! Reviens avec un jeton gravé à ton nom et je te donnerai ton masque. »

Je quittai le septième étage avec quelques jetons blancs, un jeton jaune et deux jetons bleus. J'allai voir Isheido pour rassembler quelques informations, mais elle me renvoya aussitôt.

« Tu n'as pas de jeton noir, tu ne peux pas rester à cet étage ! Au mieux, tu peux aller au troisième. Mais à ta place je me contenterais des filles de ferme pour un moment.

— Mais je croyais que tu m'aimais et que tu... » Cela la fit rire.

« Je suis une prostituée qui gagne sa vie... Je t'aime comme l'oisillon blessé qui est tombé du nid et dont on ne sait pas s'il va mourir, rester à terre à jamais ou réussir un jour à s'envoler. Reviens avec des jetons noirs, je t'enseignerai d'autres choses en amour, je te montrerai des positions dont tu n'as même pas idée. Maintenant, file, jeune oisillon, avant que quelqu'un ne découvre ta présence ! »

Il me fallut tout le printemps de mes seize ans et une bonne partie de l'été attenant pour réussir à remonter au sixième étage de la Pagode, en possession de plusieurs jetons noirs. Là, Isheido m'expliqua les tenants et les aboutissants de ma rencontre avec Dame Nô.

« Elle va te fabriquer un masque en bois qui sera le reflet de ta véritable personnalité. Tu pourras choisir d'accepter ce masque ou de le refuser. Dans un cas comme dans l'autre, ça te coûtera un jeton gravé, car la connaissance domine le plaisir. »

Il me fallut six mois supplémentaires pour acquérir deux jetons gravés, Isheido était intraitable et me récompensait uniquement lorsque je faisais quelque chose d'extraordinaire. L'hiver était à son apogée et, givre sur givre, ses traînes célestes glaçaient et cristallisaient les paysages tout autant que les sangs.

Dame Nô me reçut à nouveau dans ses appartements grouillant de chats aux oreilles repliées. Elle se leva en s'aidant d'une canne et me conduisit dans l'autre pièce du septième étage : un atelier rempli de masques colorés. Il y avait là des masques d'animaux (singe, grenouille, renard, éléphant, tigre), des masques d'hommes (souriant, triste, commerçant, samouraï, joufflu, mago, seigneur, shôgun, rônin, paysan, vieillard), d'autres de jeunes femmes, belles ou rancunières. Mais aussi des masques de vieillardes hilares, de sorcières aux cheveux de neige, de démons, de fantômes et de dieux. Mille visages grimaçants et grotesques dont les célèbres Shishi-guchi, O-beshimi, O-tobide, Kurihige, Nyodo, Shôjo et Buaku. Et quelque part parmi tous ces faciès, il y avait Nakamura Mikédi, l'expression de sa nature secrète.

« Quel est le tien, à ton avis ? » me demanda Dame Nô.

À force de regarder les masques, l'un se détacha franchement du lot. Il avait un œil ouvert et un œil fermé, le gauche. Il s'agissait d'un masque de démon cornu. La représentation d'une créature malfaisante. Je m'approchai de ce masque et le pris sans donner de valeur particulière à ce geste, du moins pas celle que lui donna Dame Nô.

« Tu as bien choisi, me dit-elle.

— Est-il magique ?

— Donne-moi un jeton et je répondrai à ta question. »

Je voulais garder mon second jeton gravé pour demander quel était le secret de Musashi. J'en fis part à Dame Nô.

« Je répondrai à ta première question et il te faudra me donner un autre jeton pour que je te livre le secret de Miyamoto Musashi. »

Je lui donnai mon second jeton. Je ne voyais que ça à faire.

« Tout objet dans lequel l'art est intervenu, d'une façon ou une autre, est magique. Il porte en lui la magie de celui qui l'a confectionné et la magie de celui qui l'a reçu en cadeau et l'utilise le plus souvent possible. Tu porteras le masque quand tu livreras combat. Il effrayera tes ennemis et te protégera. »

Elle avait dit tout ce qu'elle avait à me dire et il était temps pour moi de partir, de la laisser, elle et ses affreux félins.

8

Musashi arriva au tout début du printemps, juste avant mes dix-sept ans.

Il n'avait pas trouvé le wakizashi.

Et de mon côté, je n'avais alors pas assez collecté de jetons pour monter voir Dame Nô ou même revoir Isheido.

Comme lors de sa précédente absence, mon maître apparut affamé, à moitié mort de soif et puant comme un buffle éventré et couché dans une des mares croupissantes de l'été. Des jeunes femmes se proposèrent pour s'occuper de lui et je parvins à les convaincre, contre quelques jetons, de lui parler de la mine d'ambre, des femmes et enfants devenus des esclaves, du magicien venu de l'Empire de Qin qui commandait une armée de traîtres et de lézards géants.

Au petit matin, Musashi vint me trouver.

« Ton esprit s'aiguise, jeune homme. Tu m'as trouvé un nouvel ennemi, un ennemi puissant venu d'un pays encore plus puissant. Il est grand temps de voir ce que tu vaux au combat. »

Alors que je ne m'y attendais pas, il me lança un katana que je saisis d'extrême justesse. Je libérai l'arme de son fourreau, simple mais d'un noir intense confinant au magnifique. Je fis tinter la lame et jugeai de sa qualité en observant le dessin de sa ligne de trempe.

« Belle arme, mais je ne sais pas m'en servir.

— Tu apprendras. Au combat.

— Quand partons-nous ?

— Demain. Change tes jetons, utilise-les ou garde-les. À toi de voir, mais demain à l'aube nous serons sur la route du nord. Et après-demain nous serons morts ou victorieux. »

Une des filles du premier étage nous avait préparé un plan très détaillé des environs du village. Sur ce plan, elle avait fait figurer des grottes où nous pourrions dormir, des cours d'eau pour nous repérer, le village lui-même avec ses maisons, ses granges, son écurie et ses greniers à bois et à fourrage. Elle avait aussi fait figurer la mine d'ambre.

Nous nous mîmes en route à l'aube. Il faisait froid et nos bouches expiraient une vapeur morte et blanche. La marche vers le nord me réchauffa rapidement et je compris, confronté à cet effort, qu'à force d'avoir monté et descendu les escaliers de la Pagode, jour après jour, en transportant soit de la nourriture, soit des marmites ou des sacs de charbon pour faire cuire mes brochettes, j'avais grandement gagné en puissance musculaire et en endurance ces deux dernières années.

Bien avant la tombée de la nuit, Musashi nous fit arrêter au pied d'une falaise.

« Nous sommes encore loin, n'est-ce pas ?

— Oui, me répondit-il, encore deux ou trois heures de marche vers le nord, mais si tu veux pouvoir faire du feu cette nuit, nous n'avons guère le choix et nous devons nous arrêter ici. »

Alors que le feu éclairait notre petit campement en crépitant avec joie, je pris dans mon baluchon le masque que j'avais choisi chez Dame Nô.

« C'est le masque de quelqu'un de puissant, dis-je en le revêtant.

— Assurément », commenta Musashi.

Un seul des yeux était percé — celui de droite. Chaque fois que je passai le masque, je me retrouvais affligé d'une vision incomplète et étais obligé de fermer l'œil gauche pour pouvoir bien voir du droit.

Je pris mon petit couteau et commençai à creuser l'œil gauche. Musashi se tourna légèrement pour m'observer.

« À ta place, je ne ferais pas ça.

— Mais Dame Nô m'a conseillé de le porter au combat. Autant mettre toutes les chances de mon côté, non ?

— Si j'étais toi, j'obéirais à cette dame qui connaît bien des secrets et en aucun cas je n'altérerais son œuvre.

— Je vais lui obéir, je vais porter le masque au combat, et je ne vois aucune altération dans le fait d'ouvrir l'œil fermé, si cela est fait avec précision et goût. On restaure bien les estampes, alors pourquoi pas les masques ?

— Ce que tu fais là n'a rien à voir avec une quelconque restauration, c'est une modification... Mais agis selon ton désir. Tu deviens peu à peu un homme libre. C'est vers cela que tend la Voie du Sabre.

— Vers quoi ?

— La liberté et le prix qu'elle coûte. L'homme libre ne pourra jamais être heureux, et se doit de contribuer au bonheur des autres, de donner ce qu'il s'interdit de recevoir. Jour après jour.

— Je ne comprends pas.

— Je paye ma liberté, je la paye du lever du soleil à son coucher. Mais si je voulais... je pourrais y renoncer, me trouver une femme, avoir des enfants et jouir d'un bonheur relatif. Mais je ne veux pas, ce n'est pas ma voie. Et qu'importe le bonheur s'il n'est que relatif !

— Je ne comprends toujours pas...

— Je sais, et ça n'a aucune importance. J'étais vivant quand j'avais quinze ans, j'étais le jeune homme le plus vivant du monde. Je n'arpentais pas encore la Voie du Sabre à cette époque. Puis je suis mort et on m'a ramené à la vie, mais pas pour que je connaisse le bonheur. On m'a ramené à la vie afin que mon sabre soit toujours du côté de ceux qu'on opprime. Nous sommes tous les deux des démons, ne l'oublie pas. Tu peux utiliser cette démence, cette violence pour construire, ou tu peux l'utiliser pour détruire. Cela dit, il y a une troisième voie en ce qui te concerne, celle de la prison. Tu peux t'emprisonner dans le bonheur, renoncer à ta liberté pour une geisha déflorée ou une souillon déflorée par tes soins. Ainsi tu auras des enfants et renonceras au chemin qui nous mène au nord et au sud, à l'est et à l'ouest. Pour moi, il est trop tard, mais toi tu es jeune, vif, intelligent... Tu peux partir, maintenant, me laisser ici affronter seul le magicien et ses lézards, choisir ainsi la prison qui te convient le mieux et être heureux. Ou... tu peux me suivre, mais jamais, je dis bien jamais, tu ne connaîtras le bonheur absolu, parce que me suivre implique tôt ou tard de faire jaillir le sang. Et le bonheur véritable ne touche jamais la main qui a fait couler le sang.

— Je préfère la Voie du Sabre à une vie terne d'homme marié. Je préfère obéir à mon père et me présenter devant l'Impératrice-Fille. Quitte à en faire ma prison, si tel est mon destin, et n'avoir que ce bonheur... relatif.

— Je pense que tu as tort, mais je suis mal placé pour juger. Tu suis ta voie... Si tel est ton choix, ce sera celle du sabre et celle du sang qu'il répand. De toute ta vie, cette conversation sera à jamais la plus importante, j'en suis convaincu. Et au moment de mourir, dans le flot des regrets qui nous emporte hors du monde, tu t'en souviendras, mot pour mot... Je te pose une dernière fois la question : quelle voie choisis-tu ?

— Définitivement celle du sabre. »

Musashi acquiesça, les yeux au bord des larmes.

Un peu plus tard dans la soirée, j'avais fini mon œuvre. Le trou était parfait, exactement de la même taille et de la même forme que son pair.

J'enfilai le masque à nouveau et me sentis cette fois-ci plus à l'aise, prêt à me battre.

D'un léger mouvement de tête, Musashi désapprouva mon geste.

« Dame Nô t'avait incité à ouvrir l'œil et le bon. Maintenant tu verras la mort avec les deux yeux et il te faudra en assumer les conséquences.

— C'est le prix qu'impose la Voie du Sabre ?

— C'en est un, parmi tant d'autres. »

Nous nous remîmes en route peu avant l'aube. Tout autour de nous subsistaient des plaques de neige blotties dans l'ombre de certains arbres et sur les flancs et les déclivités exposés au nord.

« Sais-tu quel est le meilleur moment pour livrer combat ?

— Je suppose que c'est au petit matin, quand l'ennemi ne s'est pas encore totalement réveillé.

— Le meilleur moment pour livrer bataille est celui que l'on choisit en ayant l'esprit frais et clair comme l'eau d'un ruisseau de montagne. Nous allons monter dans ces reliefs qui surplombent le village. De là, nous pourrons observer l'ennemi et ses mesures de défense. »

Musashi me guida de rocher en rocher, me faisant grimper dans des boyaux hauts comme dix hommes. Après deux bonnes heures d'effort nous arrivâmes au-dessus du village.

Celui-ci semblait désert. Un peu de fumée s'échappait des cheminées des deux plus grandes bâtisses.

« Tout le monde est à la mine...

— Non, me dit Musashi. Là, là et là. Trois sentinelles, plus une autre dans la cabane d'aisances. Occupe-toi de celle-là. Je m'occupe des trois autres. »

Musashi ouvrit son sac et en sortit une ceinture garnie de shurikens, ces étoiles de jet qu'affectionnent les assassins professionnels.

Il posa sa main sur mon épaule pour me donner un dernier conseil :

« Surtout, ne fais pas de bruit. Allons-y... »

Musashi se laissa glisser le long d'une pente raide et disparut derrière une maison. Après avoir enfilé mon masque, je l'imitai et me dirigeai vers la cabane d'aisances. La porte était entrouverte et battait légèrement sous le joug du vent. Ne sachant pas quoi faire, je m'approchai. L'homme avait peut-être déverrouillé la porte et s'apprêtait à sortir.

La cabane était vide et dégageait une odeur épouvantable qui manqua me faire vomir. En la contournant, je tombai sur un homme occupé à uriner contre un arbuste. Je ne savais pas si c'était celui que je devais tuer, mais je n'eus même pas le temps de réfléchir. Paniqué par sa présence, je lui assenai un coup de katana à la gorge, frappant de toutes mes forces. Mon sabre s'enfonça sans difficulté dans sa chair, y faisant jaillir le sang en une pluie écœurante, et s'arrêta contre un os, propageant en mon bras un éclair de douleur sourde.

L'homme s'écroula presque sans bruit, foudroyé par mon attaque, jeté dans le puits de la mort. Je regardai son corps, encore et encore, quand une main posée sur mon épaule me fit sursauter et hurler.

Je me retournai vivement et, d'un coup de sabre, Musashi dévia la course de ma lame qui aurait pu le blesser.

« Prête un peu plus d'attention à ce que tu fais, fils.

— C'est... C'était la première fois que je tuais quelqu'un et...

— Et maintenant tu ne peux plus faire demi-tour. Tu es sur la voie que tu t'es choisie ! Je t'avais prévenu. »

Je regardai le corps une fois de plus et ne pus m'empêcher de vomir entre mes jambes écartées, le dos plié. Musashi me tendit une outre d'eau glacée pour que je puisse me rincer la bouche.

« Le plus dur reste à faire...

— Le plus dur ?

— Les lézards se trouvent dans les deux granges. Il y en a trois par grange. Ils dorment au chaud, veillés par des braseros suspendus. Sans doute ont-ils besoin de beaucoup de chaleur pour survivre à cette altitude.

— Ces lézards... ils sont...

— Hauts comme un cheval, longs comme deux en comptant leur queue. Ils sont vert et bleu et ils ont des mâchoires sans doute capables de trancher un tigre en deux. Il te faudra aussi te méfier de leurs griffes.

— De telles bêtes n'existent pas. »

Musashi éclata de rire.

« Tu n'as qu'à aller vérifier par toi-même.

— Qu'allons-nous faire ?

— Bloquer les issues des granges, mettre le feu et livrer bataille si l'une ou plusieurs des bêtes survivent au brasier.

— La fumée va attirer le magicien et tous ses alliés.

— J'espère bien. Dépêchons-nous, il y a peut-être des relèves de sentinelles... et tâchons de ne pas faire trop de bruit. »

J'aidai Musashi à arc-bouter des bouts de bois devant les portes des granges, des poutres solides que nous bloquâmes avec des piquets. Musashi avait placé un chiffon sur le sommet de chaque piquet pour faire le moins de bruit possible alors que je tapais dessus avec une masse dont le fer était lui aussi entouré par un chiffon.

« Les toits vont brûler plus vite que les murs, c'est plutôt une bonne chose », m'annonça Musashi.

Dans un garde-manger nous trouvâmes deux cruchons d'alcool de riz dont nous répandîmes le contenu sur les toits des deux granges avant d'y allumer le feu.

Nous reculâmes dans le village pendant que les granges s'enflammaient. Et il ne fallut guère longtemps pour que les lézards se réveillent et se mettent à siffler comme des millions de serpents furieux. Le toit d'une des granges s'effondra dans un vacarme époustouflant, coiffé de tourbillons de fumée noire, accompagné par l'odeur désagréable de la chair reptilienne en train de brûler.

Les bêtes tapaient contre les murs des granges et semblaient se battre entre elles. Bientôt les portes avant d'un des bâtiments volèrent en éclats, pulvérisées par la bête la plus imposante que j'aie jamais vue, à l'exception des éléphants que les forestiers de mon père utilisaient pour débarder les arbres destinés à servir de poutres, de pilots ou de piliers de ponts.

Exactement comme me l'avait décrite Musashi, la bête était verte à reflets bleus, ses yeux très mobiles cherchaient des proies pendant qu'elle s'éloignait à pas mesurés de la grange en flammes, narines frémissantes, sa langue se balançant de gauche à droite comme un bout de liane. Soudain elle nous remarqua et s'élança dans notre direction. Son ventre pendant creusait la terre et sa queue fouettait l'air avec courroux.

Musashi bondit en avant, sus sur la bête, alors que j'étais littéralement paralysé par le spectacle que m'offrait cette dernière. Il se dégagea sur la droite au tout dernier moment pour décapiter l'animal prisonnier de l'inertie de sa course effrénée. Comme le lézard, pourtant privé de sa tête, bougeait et ruait encore, Musashi lui trancha une patte avant et lui sectionna la queue. Bientôt, la bête étêtée bougea avec moins de vigueur. J'allais souffler de soulagement quand un autre lézard, enflammé celui-ci, jaillit de la grange qui aurait dû être son tombeau.

Musashi s'élança vers cette seconde bête furieuse. Il esquiva son attaque en exécutant un saut périlleux avant et lui ouvrit le flanc sur toute la longueur, faisant jaillir l'entrelacement tantôt blanchâtre tantôt rosâtre de ses viscères. Comme la précédente, la bête enflammée s'agita longtemps avant de mourir. Un troisième lézard, presque entièrement noir de brûlures et de fumée, apparut hors de la grange. Je me mis en garde, mais il se contenta d'accomplir quelques pas hésitants et de s'effondrer dans la poussière pour n'y plus bouger.

« Prépare-toi, Mikédi, ils ne devraient plus tarder. Ils ont forcément vu une telle fumée.

— Combien seront-ils ?

— D'après la prostituée Kosube, pas plus d'une quinzaine, mais il y aura le magicien avec eux et c'est là que résidera le vrai danger. »

9

Tous les lézards étaient morts ; j'avais vérifié, fasciné par leur taille hors du commun.

Musashi se plaça au centre du village, face au chemin de terre qui menait à la mine. Je fis comme lui, plantant mes pieds dans la poussière orangée à six ou sept pas sur sa gauche, prêt pour le combat.

Moins d'un quart d'heure plus tard, bien avant de pouvoir les distinguer, nous les entendîmes arriver. Ma première bataille se précipitait vers moi, à une vitesse qui aurait dû me terrifier.

Ils apparurent après un dernier virage : quatre allaient à cheval, six à pied, au petit trot. Ceux qui chevauchaient brandissaient des daïto. Les autres dressaient devant eux leur naginata. Derrière cette petite troupe apparut le magicien venu de l'Empire de Qin. Il volait à un pas au-dessus du sol, les bras croisés, et pourtant je ne distinguais aucune paire d'ailes dans son dos. Il était revêtu d'une armure complète, une cuirasse de joncs tressés et d'argent noirci par les années passées et l'humidité. Un casque en forme de nuage avec des éclairs formant comme une barbe occultait entièrement ses traits. J'imaginai alors qu'il possédait un visage de démon, grotesque à défaut d'être effrayant.

La petite troupe se déploya. Les hommes à cheval passèrent en seconde ligne.

« Reste là... Attends le dernier moment pour frapper. Tu coupes d'abord la lance, puis tu frappes à hauteur d'épaule... » me conseilla Musashi.

J'enlevai mon masque de démon pour m'essuyer le front et le remis en place le plus vite possible.

Les hommes à pied se séparèrent en deux groupes de trois combattants qui s'élancèrent en hurlant.

Musashi exécuta un kata et hurla à son tour en se jetant dans la mêlée : « Je suis Miyamoto Musashi et vous allez tous mourir ! »

L'instant suivant, des fers de lance, des membres et des têtes giclèrent en tous sens. Trois hommes venaient d'être éparpillés aux quatre vents et Musashi se précipitait déjà sur le second groupe, celui qui fonçait vers moi. Agissant de la sorte, il offrait son dos aux cavaliers qui n'allaient pas hésiter une seconde à le prendre en tenaille.

Pour ma part, je n'avais pas encore bougé, attendant le meilleur moment pour frapper.

Au moment tant redouté du contact avec l'ennemi le plus proche, je coupai sa lance et frappai de taille au niveau de l'épaule. Le sang gicla, je frappai à nouveau en hurlant, mais mon cri fut couvert par le fracas des chevaux qui venaient d'être éperonnés, dont les sabots ferrés martelaient le Monde. Venu à ma rescousse, Musashi s'envola et frappa. Une tête vola au-dessus d'un véritable geyser de sang. Après un roulé-boulé parfait, Musashi se dressa face aux chevaux, ne me laissant plus qu'un ennemi. Alors que je tournais autour de ma proie et que celle-ci essayait de me transpercer avec sa lance, Musashi se jeta en avant et attaqua les chevaux aux genoux et à la poitrine, exécutant une dizaine de coups à une vitesse inhumaine, presque invisible. Les unes après les autres, les bêtes mutilées s'effondrèrent dans la poussière en hennissant de douleur. Alors que je me débarrassais de mon adversaire d'un coup à la gorge, Musashi se chargea d'abréger les souffrances des montures et de tuer les quatre cavaliers qui avaient roulé dans la poussière ou avaient été écrasés par leurs chevaux.

J'avais éliminé deux ennemis et Musashi s'était chargé de tous les autres... à l'exception du magicien qui se tenait à un pas du sol, à l'autre bout de la rue.

Je m'attendais à ce que ce dernier nous parle, nous menace, hurle après nous. Il se contenta de s'élever un peu plus dans les airs, de rapprocher ses mains l'une de l'autre et d'y concentrer une boule d'éclairs bleutés. Je me mis en garde, les deux mains serrées sur la poignée de mon sabre, parfaitement immobile dans l'air enfumé.

La boule d'éclairs, d'un bleu comme il n'en existe pas dans la nature, sauf peut-être sur le flanc de certains poissons des mers chaudes, fusa dans ma direction à une vitesse incroyable, mais je n'étais pas la cible. La boule bleutée frappa la maison qui se trouvait à quelques pas sur ma gauche, vers laquelle je tournai instinctivement la tête ; une bonne partie de la bâtisse vola en éclats. Des milliers d'échardes me criblèrent le corps, des rondins tournoyants me jetèrent à terre. Je lâchai mon sabre, portai mes mains au visage, retirai mon masque avec difficulté, l'accrochant à quelque chose, un morceau de bois planté en moi. La douleur commença à fluer dans mon corps tout entier, comme un venin et son cortège de brûlures douloureuses. Du sang me coulait dans la bouche. Mon visage et surtout mes yeux étaient assiégés par un feu atroce. Mes oreilles ne relayaient plus le son du monde que de façon étouffée, lointaine, le tout couvert d'un sifflement, le cri continu d'un insecte de la mi-journée collé à mon tympan.

Il y eut non loin de moi une autre explosion, étouffée, que je ne pus voir à cause du sang qui m'aveuglait. J'entendis Musashi crier — un hurlement atroce qui pouvait tout aussi bien être de rage que de douleur — et le calme revint, avalant les instants qui l'avaient précédé. Je ne voyais rien, même après m'être essuyé le visage de nombreuses fois, et je mis du temps à comprendre pourquoi. Du sang me collait les paupières et une écharde de bois m'avait crevé l'œil gauche en se faufilant dans le trou que j'avais creusé dans le masque de Dame Nô. Quelqu'un m'aida à me relever. À l'odeur aigre qu'exsudait son corps, je reconnus mon maître. Il retira le bout de bois fiché dans mon orbite et emporta l'œil avec. Puis il coupa quelque chose, de la peau, je ne voulais pas savoir, avant de m'essuyer le visage.

« Veux-tu vivre, jeune Mikédi ?

— Oui, croassai-je comme une corneille aux ailes tranchées.

— Alors il va te falloir être très courageux. »

Il s'éloigna de moi quelques instants, puis, sans me prévenir, bloqua ma tête en me prenant par les cheveux et enfonça dans mon orbite vide un fer chauffé à blanc qu'il avait dû retirer d'une des deux granges qui finissaient de brûler. Je hurlai, vacillai, et alors que ma chair grésillait encore, je sentis mon maître presser un linge sur ma plaie.

Quand je recouvrai mes esprits et pus voir à nouveau, du seul œil qu'il me restait, Musashi portait contre sa cuisse droite la tête du magicien de Qin, tête qu'il avait attachée à la ceinture de son kimono par la natte sacrée qui permet au Bouddha de saisir les morts et de les hisser dans son domaine au tréfonds du ciel. Le grand magicien avait un visage joufflu d'enfant, un visage d'idiot du village.

« Voilà ce qu'il advient d'un homme puissant mais trop sûr de sa puissance », commenta mon maître.

Il parlait du magicien bien sûr, mais aussi de moi et de l'œil que j'avais perdu en creusant un trou dans le masque de Dame Nô, à l'endroit précis où il n'y aurait jamais dû avoir de trou.

« Pourquoi a-t-il fait exploser la maison, plutôt que d'envoyer cet éclair directement sur moi ?

— Sans doute n'avait-il aucun pouvoir sur les démons... »

10

Après avoir fait le tour du village pour vérifier qu'il n'y restait aucun ennemi vivant, Musashi m'aida à marcher jusqu'à une demeure intacte dans laquelle il me coucha sur un tatami à la propreté plus qu'approximative. J'étais à bout de forces et commençais vraiment à ressentir le contrecoup de mes blessures.

« Reste là. Repose-toi. Je vais éliminer les derniers gardes, ceux que le magicien a forcément laissés à la mine, puis je reviendrai avec un guérisseur pour ton œil.

— Mon œil...

— Il va apaiser la douleur et fera en sorte que la plaie se referme bien, qu'il n'y ait pas de pus dedans.

— J'ai perdu mon œil... »

J'avais envie de pleurer et de hurler. J'étais borgne et le resterais jusqu'à la fin de mes jours. C'était la faute de mon père, Nakamura Ito, c'était la faute du rônin Miyamoto Musashi, de la geisha Isheido et de Dame Nô. J'en voulais à tous ceux que j'avais rencontrés depuis que j'avais quitté les appartements si douillets des concubines de mon père.

Ma haine ressemblait à une marée, et je sentis la houle des larmes inonder ma joue droite, mais pas la gauche... la cautérisation ayant asséché cette orbite à jamais.

Il faisait nuit, une nuit noire lovée sur le monde, ses crocs plantés dans mon cœur, quand Musashi réapparut à la tête des gens du village. Ceux-ci portaient des fers aux chevilles. Ils étaient maigres, à la limite de l'étique. Ils semblaient malades, totalement à bout de forces avec leurs côtes saillantes comme des récifs. Ce qui ne les empêcha pas de travailler toute la nuit.

J'entendis le marteau briser les verrous des fers. Ils rasèrent les granges détruites après avoir jeté des centaines de seaux d'eau dessus. Ils entassèrent à l'extérieur du village les restes des habitations qui avaient volé en éclats. Tout ça avant de rassembler puis de brûler les corps et les possessions de leurs ennemis, ainsi que les lézards gigantesques dont ils dédaignèrent la viande.

Au petit matin, quand je me levai, le village était plongé dans le faux silence des volailles qui s'égaillent à la recherche de graines et d'insectes. Des chiens bataillaient pour un os, et les porcs grognaient dans leur boue glacée, se roulant sur le dos pour se débarrasser de leurs parasites. Les gens dormaient, à l'exception du guérisseur qui avait attendu mon réveil pour s'occuper de mon œil. Il nettoya la plaie cautérisée et la ferma avec ce qui restait de ma paupière supérieure, tirant un rideau de peau sur mon orbite vide, l'agrafant avec trois pointes de bambou.

« Tu ne perdras pas ton autre œil si tu te reposes une bonne lune. Ne mets rien sur la plaie à l'exception de l'onguent que je vais te préparer, veille à ne pas la mouiller en te lavant. Dans quelques jours tu souffriras beaucoup moins et dans moins d'une lune la plaie aura complètement cicatrisé. Alors je retirerai les trois agrafes de bambou. »

J'allai à la proche rivière et ne pus m'empêcher de hurler en voyant mon visage défiguré, devenu repoussant, comme ces prostituées aperçues à la Pagode du Plaisir dont la fente n'est plus que chancres suintants.

Nous restâmes au village jusqu'à ce que je sois complètement guéri. La nouvelle de la mort du magicien de Qin s'était répandue dans toute la contrée. Et plusieurs jeunes femmes, pourtant veuves, avaient quitté la Pagode du Plaisir pour revenir dans leur village, libérées par Dame Nô.

Quelques ouvriers célibataires ou accompagnés de leur famille se présentèrent au nouveau chef du village pour travailler à la mine. La vie reprenait ses droits, son rythme plein d'habitudes et de petites traditions réjouissantes. Les rares enfants qui avaient survécu à la mine retrouvaient peu à peu le goût du jeu. Hommes et femmes reconstruisaient les bâtiments détruits, prévoyaient d'en construire d'autres en traçant sur le sol les limites des fondations, en creusant les trous pour les pilots.

Du lever du soleil au crépuscule, Musashi aidait. Il coupait du bois, fabriquait des outils. Je le vis aussi travailler aux rizières et s'occuper des bêtes.

Chaque fois que je devais sortir de la maison qui m'avait été allouée par le nouveau chef du village, je mettais un bandeau sur mon œil manquant, afin d'atténuer le choc de ma laideur.

Un jour, alors que je regardais le masque de Dame Nô, j'eus envie de le brûler. Mais ne pouvant m'y résoudre, je décidai de reboucher le trou que j'y avais creusé. Je fis tailler à la bonne taille un morceau d'ambre, dans lequel une araignée était incluse. Je mis en place le joyau menaçant en forçant le bois et le scellai avec une bonne couche de résine. Le résultat s'avéra plus que concluant, mon masque était maintenant encore plus effrayant que précédemment.

Et, par un beau matin de l'été naissant, Musashi m'annonça qu'il était temps pour nous de reprendre la route. Temps pour lui de mettre un terme à mon enseignement en me confrontant à deux arts essentiels, celui de la guerre et celui de la patience. Edo se rapprochait. Je n'allais plus tarder à rencontrer l'Impératrice-Fille.

11

Nous prîmes la route du nord-ouest jusqu'au fleuve Omono, dont nous longeâmes les eaux gonflées par la mousson jusqu'à la ville d'Akita. De là, nous gagnâmes Noshiro, Hirosaki et le port de commerce de la ville d'Aomori où nous embarquâmes sur une jonque bondée qui nous emmena à Hakodate, sur le Poisson-Chat Hokkaidô. De retour sur la terre ferme après une éprouvante journée en mer, Musashi discuta longtemps avec des moines en armes de la secte Genji-Ryo. Et c'est en leur compagnie que nous prîmes une autre jonque, pour Tomakomai.

En chemin, j'appris que nous nous rendions au monastère de la Montagne-Crocodile, un des sites sacrés du culte Genji, dont la secte Genji-Ryo était de loin la plus puissante.

« Pourquoi allons-nous là-bas, maître ?

— Pour que tu apprennes l'art de la patience et celui de la guerre.

— L'art de la guerre ?

— Les moines de la secte Genji-Ryo sont certes

de saints hommes, mais sont aussi de grands guerriers. Ils respectent à la lettre le dit du Genji, défendant les opprimés contre les agissements des barbares, des seigneurs injustes et de l'Empereur, parfois. »

Il nous fallut quatre jours pour rejoindre le monastère. Beaucoup de moines, visiblement venus des quatre coins de l'Empire, nous suivaient ou nous précédaient. Durant ces quatre jours de marche, nous croisâmes de petits groupes d'ouvriers et de paysans, des familles qui descendaient la route de la Montagne-Crocodile en direction de Tomakomai. Parfois toutes leurs possessions étaient entassées dans une charrette à fourrage ou transportées à dos de buffle.

« Mais que se passe-t-il ici ?

— Ils fuient les environs du monastère, m'annonça un des moines qui nous accompagnaient. C'est ce que les membres de la secte leur ont conseillé de faire.

— Pourquoi ?

— L'Empereur-Dragon a ordonné que les moines de la secte Genji-Ryo soient désarmés, sans doute pour pouvoir mieux les massacrer ensuite. Nous nous rassemblons comme chaque été au monastère. Mais cette année, nous le faisons afin de prendre une décision qui ne manquera pas de provoquer le courroux de l'Empereur. Nous allons refuser de nous laisser désarmer.

— Et ?

— L'Empereur ordonnera notre mise à mort.

Nous lutterons. Et, parce que nous sommes les enfants du Genji, nous gagnerons des plaines inconnues par la plupart, où la vie et le bonheur nous enlaceront pour l'éternité.

— Est-ce une sorte de nirvana ?

— Oui... Celui des guerriers. On y entre sabre au poing, la tête coincée sous le bras. Il y a peu d'élus. »

Inquiet, à dire vrai, je progressai le long de la petite troupe de moines afin de rejoindre mon maître.

« Qu'allons-nous faire dans ce monastère ? Ils disent qu'il va y avoir une sorte de guerre entre les troupes de l'Empereur-Dragon et les moines de la secte.

— Nous allons faire un peu de jardinage en attendant de voir ce qui se passe...

— Du jardinage, encore ?

— Oui... »

Nous arrivâmes juste au tombant de la nuit, quand les insectes du jour commencent à se taire, laissant place aux créatures nocturnes que la moindre lumière attire.

Au petit matin, après que nous eûmes englouti une soupe claire et un bol de riz gluant, Musashi me confia au moine-jardinier Fukojida Iro. On me rasa le crâne, n'y laissant que cent mille points noirs sur ma peau trop claire, et on confisqua toutes mes possessions, y compris mon masque ; à la place on me confia une robe monacale sur laquelle, dans le dos, était imprimé le Genji sur son cheval.

J'eus tout de même le droit de poser un bandeau assorti à ma robe sur mon œil crevé.

« Tu récupéreras tes biens dès que tu en auras de nouveau besoin, m'assura le moine Fukojida, ou quand tu quitteras ce monastère. »

Durant les semaines suivantes, le moine Fukojida m'enseigna l'art de la miniaturisation des arbres — l'art du bonsaï venu de l'Empire de Qin. Puis, satisfait de mes progrès et de mon sens de la taille des racines, il me confia un jeune érable qui me fit penser à l'arbre préféré de mon père, un érable lui aussi.

« Voilà ton arbre, jeune Mikédi, à toi de t'en occuper comme s'il faisait partie de ton être. C'est ta troisième main. Tu devras l'arroser pour le préserver de la soif, tailler ses branches et ses racines comme je te l'ai enseigné, déformer sa silhouette avec du fil de cuivre qu'il te faudra poser et enlever régulièrement pour éviter que l'écorce soit marquée. Tu devras t'en occuper à partir d'aujourd'hui et jusqu'à ton dernier souffle. »

Pendant que je m'occupais de mon arbre et rêvassais le reste du temps en faisant semblant d'étudier les textes sacrés rassemblés sous le titre de *Dit du Genji*, Musashi, lui, enseignait aux moines l'art du sabre.

Ayant noté avec précision l'heure des cours, je pris l'habitude d'y emporter mon érable et d'observer les mouvements des moines. Une fois ces derniers couchés, je répétais les mouvements observés en utilisant un manche de bêche, puisque l'on m'avait privé de mon katana.

Les primes feuilles de l'automne commençaient à joncher le bord des allées quand Musashi vint me parler pour la première fois depuis que nous nous trouvions ici. Ce matin-là, une certaine agitation avait envahi le monastère accroché à la Montagne-Crocodile.

« L'Empereur-Dragon va assiéger ce monastère. Il a levé ses quatrième et cinquième armées. Celles des généraux Mikuri et Dansai-be. Les troupes sont en route. Nous verrons leurs lumières demain soir ou après-demain, au plus tard. Dis-moi, si un homme arrivait à décapiter ton père et à montrer sa tête à ses sujets, que se passerait-il ?

— Il deviendrait le chef du clan Nakamura à ma place et ordonnerait ma mort. C'est la tradition et chacun la trouve légitime, car elle récompense l'audace et le courage.

— Les armées de l'Empereur n'appartiennent pas à l'Empereur, elles appartiennent aux généraux qui les dirigent tout comme ton père veille à la destinée de son clan. Un général facture ses campagnes à l'Empereur et reçoit une prime pour toutes les batailles gagnées, c'est une des conséquences de la Guerre des Figuiers. Vois-tu où je veux en venir ?

— Non.

— Si tu décapites le général d'une armée impériale durant une bataille, ses troupes cesseront de se battre immédiatement et remettront leur sort entre tes mains. Car tu viens de leur prouver ta toute-puissance.

— Nous allons attaquer les troupes de l'Empereur ?

— Oui, toi et moi.

— C'est de la folie furieuse.

— Rien de grand ne s'accomplit sans folie. Les généraux se battent en retrait, fiers sur leur étalon. Il nous faudra percer leurs lignes sur dix rangs, malgré les canons, les arquebuses et les archers. Chacun de nous dirigera une troupe de moines-guerriers. Chacune de ces troupes sera comme une lance. Ensemble nous éperonnerons l'armée adverse comme s'il s'agissait d'un navire que nous voudrions envoyer par le fond. Nous pénétrerons les rangs adverses encore et encore jusqu'à atteindre les généraux et nous emparer de leur tête pour la brandir bien haut.

— Nous ne pouvons pas faire ça et ensuite nous présenter devant l'Impératrice-Fille.

— Et pourquoi pas ? Ce serait sans doute le meilleur moyen de l'impressionner. »

Musashi n'avait pas tort sur ce dernier point, mais je trouvais son plan insensé, voire idiot.

« C'est trop facile, lui dis-je.

— Facile ? Décapiter deux généraux, chacun protégé par dix mille hommes ?

— Non, ce que je veux dire, c'est que j'imagine mal une armée cesser le combat parce qu'on vient de décapiter son meneur.

— Tu verras.

— J'en doute. »

Il me jeta mon baluchon et retourna à ses cours

de sabre, auxquels il m'invita. Je le rejoignis et me concentrai pour me perfectionner.

À force d'observation et d'entraînement j'étais devenu une fine lame, ce que Musashi me confirma tout en précisant qu'il me restait encore beaucoup à apprendre pour être aussi dangereux que lui.

« L'élève dépassera-t-il un jour le maître ?

— Peut-être, car les maîtres sont comme toute chose, ils s'émoussent avec le temps. »

Comme me l'avait annoncé Musashi, le lendemain à la nuit tombée, les reliefs légers sis au sud de la Montagne-Crocodile se couvrirent de lumières, les mille feux d'un campement gigantesque occupant presque toute la ligne de l'horizon. Après avoir longuement examiné le dos du Monde, je compris qu'il y avait deux campements, distants d'un quart de lieue.

« Combien sont-ils ? demandai-je à mon maître.

— La quatrième armée, celle de Mikuri, est forte de onze mille hommes, dont mille samouraïs à cheval et deux mille arquebusiers. La cinquième armée, celle de Dansai-be, est spécialisée dans les sièges, forte de trois cents canons, moitié à mitraille, moitié à boulets. Auxquels il convient d'ajouter mille arquebusiers et trois mille archers. Le gros de cette cinquième armée est formé par huit mille pieds-légers dirigés par six cents samouraïs à cheval.

— Plus de vingt mille hommes en tout.

— Oui. Sans compter les cuisiniers et les ouvriers qui creusent les fosses d'aisances, installent les tentes, s'occupent du bétail et des chevaux. Ce sont deux villes complètes qui ont navigué durant trois semaines et marché plusieurs jours pour se masser à nos pieds. Tu peux être sûr que parmi ces tentes, il y en a plusieurs avec des femmes dociles, pour le confort des généraux et de leurs samouraïs.

— Demain, ils auront achevé de nous encercler. Et nous serons à portée de leurs canons.

— Oui. Mais ils tenteront une dernière fois de négocier la dissolution pure et simple de la secte Genji-Ryo avant de donner l'assaut. »

Le reflet d'un ciel étoilé s'étendait devant moi, comme une mer piquée de vingt mille bougies flottantes et immobiles. J'allais mourir. Si je suivais Musashi dans son plan insensé, jamais je ne pourrais y survivre.

« Trois cents moines bien entraînés contre vingt mille hommes dont la guerre est le métier. Tranchons-nous la gorge tout de suite. Cela sera faire preuve de mansuétude pour les moines qu'ainsi nous ne vouerons pas à une mort certaine.

— Se trancher la gorge, quelle drôle d'idée ! Le poison, je te l'ai déjà dit, rien ne vaut le poison.

— Cette bataille est impossible à gagner. Trois cents guerriers ne peuvent triompher contre vingt mille.

— Il y a longtemps, deux mille ans de ça, dans un pays dont tu ne connais ni le nom ni celui de ses grands héros, trois cents guerriers en bloquèrent deux cent cinquante mille dans un défilé. Ils se battaient nus et ils tinrent le temps nécessaire pour que des renforts arrivent. Tous moururent, mais au final, leur mort ne fut pas vaine, puisque les leurs finirent par l'emporter.

— Nous n'atteindrons même pas la première ligne ennemie. Les arquebusiers nous éparpilleront dès que nous serons à portée. Des murs de flèches s'écrouleront sur nos corps hachés menu, ainsi que des boulets et de la mitraille. Nous serons fauchés comme du fourrage et servirons de repas aux mouches et aux corneilles. Vos guerriers d'il y a deux mille ans, même au prix de leur vie, ne pourraient réussir. Surtout que je ne vois ici aucun défilé.

— As-tu un meilleur plan que le mien ?

— Ce que trois cents guerriers ne peuvent faire en braillant, parfois deux assassins y parviennent, en s'octroyant la faveur des esprits par leur courage. Deux hommes silencieux, déterminés. Deux assassins sous la lune qui devront se faufiler dans le campement adverse et prendre la tête de chacun des généraux. »

Musashi sourit.

« Demain ? lui demandai-je.

— Oui, me dit-il. Durant la négociation, il faudra que les moines obtiennent un jour supplémentaire pour évacuer les femmes, les enfants et les gens étrangers à leur monastère. Les généraux accepteront, préférant perdre un jour plutôt que de tuer des innocents. Nous partirons avec les innocents et une fois que nous aurons franchi les dernières sentinelles, nous ferons demi-tour, juste toi et moi. Et nous réussirons ou nous périrons. Enfin un peu d'action, ça change ! »

Comme prévu, après la visite de leurs émissaires, les généraux des quatrième et cinquième armées laissèrent une journée de répit avant le siège effectif du monastère, afin que ceux qui le désiraient puissent se mettre à l'abri. Les moines obtinrent par ailleurs que les reliques de la secte Genji-Ryo, vieilles de plus de quatre cents ans, soient confiées jusqu'à la résolution du conflit à un maître de thé — dont le rôle serait joué par Musashi —, accompagné de son jeune élève.

Nos armes et nos possessions, par trop guerrières, furent cachées dans le socle d'une statue du Genji à cheval censée abriter les reliques du saint homme.

Nous quittâmes le monastère à l'aube, quand les premières lueurs du jour pèsent sur l'horizon. Nous passâmes sans encombre les deux points de contrôle.

« Cette statue a l'air très récente, s'étonna un des samouraïs qui nous escortaient sur la route de Tomakomai.

— C'est sans doute parce qu'elle contient l'armée qui va vous anéantir », plaisanta Musashi.

Le samouraï fronça les sourcils, mais en s'apercevant que les soldats constituant le gros de l'escorte riaient sous cape, il se mit à rire à son tour.

Profitant de l'hilarité générale, Musashi ordonna aux buffles d'avancer vers la rivière pour se désaltérer. Et la petite troupe issue de la cinquième armée impériale, considérant probablement que nous n'étions pas une menace, repartit en direction de son campement.

Nous nous installâmes non loin pour nous reposer, puis nous préparer au combat qui s'annonçait.

Tout en mâchant des feuilles de thé, nous couvrîmes les lames de nos sabres de noir de fumée avant de nous habiller : vêtements noirs et légers, chaussons d'assassins, ceinture de shuriken.

Musashi regarda le ciel lumineux.

« La lune est notre alliée. Ni trop faible ni trop forte.

— Irons-nous chacun de notre côté ?

— Je ne crois pas que ce soit la meilleure tactique... »

Nous décidâmes d'avancer l'un derrière l'autre et nous mîmes en route.

Plus nous nous concentrions pour ne pas faire de bruit, plus la nuit me semblait bruyante. Bruits d'insectes, ronflements lointains, oiseaux nocturnes, sentinelles qui crachent, feux qui crépitent, hommes qui parlent ou jouent, d'autres qui éternuent, se raclent le fond de la gorge, se soulagent contre un arbre ou dans un buisson.

Arrivés devant le premier poste de sentinelle, Musashi lança un petit caillou sur la droite et me laissa le soin d'égorger la sentinelle alors qu'elle me montrait le dos, attirée par le bruit de l'herbe froissée.

Nous progressâmes comme des tigres, voûtés, tout en épaules décidées, silencieux. De coup de sabre en coup de sabre. D'artère tranchée en viscères répandus.

Nous n'étions plus qu'à vingt pas de la tente du général Dansai-be quand l'alerte fut donnée.

« Et maintenant ? me demanda Musashi en accomplissant un kata avec son sabre.

— La guerre ! »

Je passai mon masque de démon que j'avais gardé dans le dos jusque-là, enveloppé dans une fine étoffe noire, et m'élançai vers la tente du général Dansai-be, précédant ma course d'un hurlement à pierre fendre.

Je frappai le premier samouraï qui se mit en travers de ma route et fus bientôt rejoint par Musashi qui couvrait mes arrières alors que je couvrais les siens. Élève et maître combattaient dos à dos, pour survivre. Bien vite, nous fûmes encerclés par une centaine de samouraïs, peut-être plus. À coups de sabre, frappant uniquement pour tuer, feintant un coup sur deux, nous progressions en direction de la tente du général, telle une étoile de jet qui fuse vers sa cible en tournant sur elle-même.

Nos ennemis tombaient, mains portées à la gorge ou au ventre, bras tranchés, jambes sectionnées au niveau de la cuisse, tronc fendu comme une bûche, crânes décollés ou entamés jusqu'à l'artère, mâchoires arrachées pour mieux être piétinées.

L'art du sabre de Musashi fit une fois de plus merveille. Il tuait quatre ennemis quand j'en tuais un. Et enfin le général Dansai-be apparut, vêtu de son armure complète, prêt au combat. Il tenait un sabre dans chaque main et portait une cotte de mailles qui lui protégeait la gorge. Ce dernier détail me fit sourire. Musashi n'avait pas menti, il ne nous restait qu'à nous emparer de sa tête. Et j'avais eu tort, ça n'avait rien de facile.

Peu à peu, les samouraïs cessèrent le combat. Musashi les imita et j'agis de même, baissant ma garde. Dos à dos, nous avions chacun la tête tournée vers le général Dansai-be.

« Qui êtes-vous pour oser attaquer la cinquième armée de l'Empereur-Dragon ?

— Je suis Musashi, originaire du village de Miyamoto, né Takezô, fils du samouraï Munisaï et de la noble dame Reiko. Et voici mon élève Nakamura *Oni* Mikédi ! Nous sommes ici pour faire valoir notre idée de la justice, car la Voie du Sabre mène toujours de l'opprimé vers l'oppresseur. »

Nakamura *Démon* Mikédi. C'est ainsi que Musashi venait de m'appeler. Nous chargeâmes le général au même moment. Celui-ci bloqua nos attaques sans mal et usa de toute sa force pour nous faire reculer. J'étais en train de comprendre, au vu de la puissance que dégageait son corps pourtant âgé, pourquoi cet homme était général et non samouraï.

Je fis semblant d'être dominé, de glisser, pour mieux rouler sur le sol et projeter une poignée de terre dans les yeux du général Dansai-be. L'instant suivant ses deux mains sectionnées reposaient à ses pieds et le sabre de Musashi tranchait sa cotte de mailles et sa tête d'un coup circulaire qui aurait pu jeter un dieu à terre. Plus rapide que mon maître pour la première fois de ma vie, j'attrapai la tête au vol pour la brandir devant les samouraïs.

« Je suis Nakamura Oni Mikédi. votre nouveau

général. Réveillez les hommes, levez les troupes, arquebuses chargées, en formation de combat. Nous allons attaquer la quatrième armée.

— Que fais-tu ? » me demanda Musashi alors que plusieurs samouraïs s'étaient agenouillés et s'ouvraient le ventre plutôt que d'avoir à exécuter mon ordre.

« Il nous reste un général à décapiter. Je vous propose dix mille guerriers à la place des trois cents moines que vous vouliez sacrifier. »

Musashi cracha :

« L'élève devrait toujours savoir quand il doit rester dans l'ombre de son maître et quand il doit sortir de cette ombre. Ta soif de pouvoir me noue la gorge et te brûle les yeux, tu...

— Je n'ai plus qu'un œil et je gagne une guerre que vous auriez perdue, maître, d'une façon ou d'une autre ! »

Après avoir planté la tête du général Dansai-be au bout d'une lance, je confiai le tout à un samouraï à cheval à qui j'ordonnai de ne quitter mon flanc gauche sous aucun prétexte. Mon œil gauche étant crevé, il me fallait penser à protéger ce côté de ma personne.

Ma nouvelle et puissante armée s'organisait peu à peu, pour mon plus grand plaisir. Je venais de récupérer la tête tranchée d'un homme et l'armée qu'il avait mise au service de l'Empereur ; je me sentais comme un dieu entouré des plus belles femmes du monde, buvant les meilleurs vins d'Europe.

Les tambours d'alerte commencèrent à résonner dans le camp adverse, celui de la quatrième armée. Je savais que je ne devais en aucun cas laisser le temps au général Mikuri de se préparer à l'assaut.

« En avant ! Que les arquebuses et les archers tirent dès qu'ils seront à une portée satisfaisante de l'ennemi ! »

Les troupes à pied se mirent en marche ; toutes n'étaient pas prêtes, mais je ne pouvais plus me permettre d'attendre pour donner l'assaut. Les arquebusiers et les archers les précédèrent. Les samouraïs à cheval couvraient les flancs en avançant au pas. J'étais derrière, portant dans mon dos les *sashimono** du général Dansai-be. Musashi m'accompagnait.

« Tu n'as pas idée de ce que tu es en train de faire, fils.

— Il faut bien mourir de quelque chose.

— Tu disais vouloir sauver la vie de trois cents moines et maintenant tu vas tuer des milliers d'hommes.

— Il n'y avait pas d'autre solution.

— Si ! Négocier ! Négocier avec Mikuri ! Les généraux bataillent pour l'Empereur-Dragon, ils ne lui appartiennent pas. Ils traitent avec le Shôgun et ont bien plus de libertés que ce que tu crois. Tu es un ignorant et l'ignorance tue !

— Les négociations sont le rempart des faibles dans vot...

— Ne finis pas ta phrase, *Démon*, je t'en conjure, ne la finis pas ! »

Les mille arquebuses de la cinquième armée donnèrent en même temps, puis une montagne de flèches s'abattit sur l'armée du général Mikuri, dont la riposte me sembla, d'où je me trouvais, insignifiante. J'ordonnai de tirer une seconde fois avant de donner l'assaut. Il en fut ainsi, et le plomb puis les flèches fauchèrent les rangs ennemis lancés à notre rencontre. Alors, certains de leur victoire, mes samouraïs à cheval s'élancèrent sabre levé.

Me prenant de court, Musashi se jeta dans la mêlée et la perça comme une flèche traversant une feuille de papier de riz. J'étais collé à ses sabots, éperonnant ma monture jusqu'au sang pour ne pas être distancé. Après s'être débarrassé de plusieurs samouraïs, Musashi fonça vers le général Mikuri et sa garde rapprochée. Il jeta son cheval contre les leurs et se projeta en avant en utilisant la vitesse de sa monture. D'un coup de sabre précis, il trancha la tête du général Mikuri.

Mon maître et son trophée volèrent de conserve, pris dans la même inertie, le même mouvement, la même bruine sanglante. Ils roulèrent sur le sol et quand Musashi se releva pour frapper les samouraïs qui se jetaient sur lui, il tenait dans sa main gauche la tête du général Mikuri. Il bloqua quelques attaques, fit en sorte de ne blesser personne et ordonna que le combat cesse. Comme un filet d'huile s'étendant sur de l'eau glacée, la quatrième armée cessa de se battre, ce qui n'empêcha pas mes samouraïs et mes pieds-légers de continuer à frapper l'ennemi, achevant des hommes qui avaient reçu l'ordre de cesser le combat.

Musashi me regarda droit dans les yeux. Il observait le démon que j'étais devenu. Je compris alors qu'il fallait que je fasse un geste d'apaisement pour qu'il m'accompagne jusqu'à Edo et me présente à l'Impératrice-Fille.

À mon tour, j'ordonnai à mes hommes de cesser le combat et regardai avec satisfaction l'étendue de ma victoire. L'armée de Mikuri, devenue celle de Musashi, était quasiment anéantie et Edo m'attendait désormais.

Mon maître l'ignorait sans doute, mais à ce moment précis mon enseignement venait de prendre fin et j'arpentais ses braises avec satisfaction, sans le moins du monde me brûler les pieds.

TROISIÈME ROULEAU

L'INCENDIE SOUS L'HORIZON

1

Nous nous mîmes en route pour Edo le lendemain de notre victoire sur les quatrième et cinquième armées des généraux Mikuri et Dansai-be. J'avais hâte d'arriver à la capitale de l'Empire.

Conscient de l'importance de mon nouveau rang, j'avais nommé « Jardiniers personnels du général Nakamura Oni Mikédi » quatre des soldats de la cinquième armée, choisissant ces derniers parmi les plus soignés. Ces quatre hommes transportaient avec la plus grande précaution, sur une chaise à porteurs, à l'ombre de soieries rehaussées de fils d'or, l'érable qui, du moins je le croyais à l'époque, devait me suivre en tous lieux jusqu'à l'instant de mon dernier souffle.

Il fallut trois jours de marche forcée à nos troupes pour rejoindre la flotte des quatrième et cinquième armées. Celle-ci mouillait dans une baie calme du Poisson-Chat Hokkaidô, à un peu moins de cinquante lieues au sud d'Obihiro. Telles mille fleurs de bois ondulant dans un bassin de cendres bordé d'eaux turquoise, la flotte nous avait atten-

dus patiemment, composée de dizaines de trans-
ports de troupes, d'autant de navires dévolus au
convoiement des vivres et du matériel d'artillerie.
Parmi tous ces bâtiments, il y avait même une jonque des plaisirs, où Musashi et moi-même nous
installâmes, transformant le bâtiment en vaisseau-
amiral à partir de ce jour.

Bien contents de nous retrouver en présence de
femmes, après les mois passés au monastère de la
Montagne-Crocodile, nous confiâmes nos corps à
icelles. Ainsi fûmes-nous récurés de la tête aux
pieds, massés, rasés, parfumés. Nos cheveux furent
coupés et nos couches toujours occupées. Nombre
de ces dociles s'occupèrent par ailleurs de nos
habits qui devinrent conformes à notre rang,
armure de général fabriquée à partir de celles des
généraux défunts, qui n'en avaient plus besoin
dans l'après-vie.

Après presque vingt jours de navigation vers le
sud, sans jamais quitter la côte de vue, nous prîmes
plein ouest une journée, puis au nord, jetant l'ancre
à portée de canon d'Ichihara, à quelques lieues au
sud du port de guerre d'Edo.

« Et maintenant ? » demandai-je alors que je
contemplais la ville d'Ichihara dont les toits d'or
des grandes pagodes jouaient avec le soleil couchant.

Musashi grogna parce que je l'avais dérangé. Il
caressa les longs cheveux teints en roux de la fille
agenouillée devant lui, le visage blotti entre ses

cuisses tatouées, la bouche montant et descendant avec suavité.

D'où nous étions, je ne pouvais aucunement voir Edo, trop lointaine, cachée sous la rotondité du Monde, dominée par des millions de vagues d'eau salée, elles-mêmes coiffées par presque autant d'esquifs qui appartenaient à des pêcheurs, des commerçants, mais aussi à l'Empereur et à ses armées. J'étais impatient de découvrir la capitale et lassé de voir mon maître passer tout son temps avec les geishas, faisant de sa vie un interminable coït qu'il n'abandonnait que pour répondre aux injonctions de son corps : nourriture, boisson, miction et défécation.

Musashi caressa à nouveau les cheveux de la geisha qui s'occupait de lui et la pria d'arrêter. La jeune femme, à la beauté incomparable, réajusta les pans du kimono de mon maître, n'offrant à ma vue qu'un simple instant de son sexe masculin tendu et brillant de salive.

Musashi se leva, téta le sein de la fille pour la faire glousser. Après avoir défroissé son kimono, il cracha par-dessus bord un long jet de salive probablement aigrie par le vin de riz qu'il n'avait de cesse de boire. Outre à la main, il me rejoignit, presque en titubant, sous l'effet combiné de son ivresse et du roulis.

« Tes caisses sont vides, jeune Mikédi, et le jour de la solde approche. Il va nous falloir négocier quand l'émissaire de l'Empereur viendra nous communiquer l'offre de ce dernier.

— Comment pouvez-vous être si sûr qu'il ne va pas nous attaquer ?

— Je te l'ai déjà dit, ces armées ne lui appartiennent pas, il les loue. Il préférera négocier plutôt que de prendre le risque de perdre d'autres généraux. »

Musashi avait raison sur un point : il ne me restait pas assez d'or pour payer toute la solde de la lune à venir. Alors que lui, à la tête d'une armée quasiment anéantie, avait de quoi tenir plusieurs lunes, car on ne verse aucune pension, aucun dédommagement aux familles de ceux qui sont tombés. Les hommes doivent se battre et survivre pour nourrir les leurs. Telle est la loi de l'Empereur et des généraux qui le servent.

« Qu'allons-nous faire ?

— Nous allons proposer à l'Empereur le retour sous le joug des généraux de son choix de ce qu'il reste des quatrième et cinquième armées. En échange de quoi, nous lui demanderons de nous accorder une entrevue avec l'Impératrice-Fille, Tokugawa Nâgâ, dont on dit l'appétit démesuré.

— Est-ce vrai qu'elle a dévoré plusieurs de ses prétendants ?

— Chaque fois qu'elle s'est sentie déshonorée par leurs avances. Elle les dévore crus comme du sashimi et il paraît qu'elle officie avec sauvagerie, déchiquetant tout ce qui peut l'être.

— Ai-je une chance de devenir son mari ?

— Il n'y a qu'elle qui puisse répondre à cette question.

— Nous sommes en position de force, maître,

vous avez beaucoup moins d'hommes que moi à payer, ne pouvons-nous pas demander plus que cette entrevue ?

— *Plus* ? Tes caisses sont vides et l'or qui se trouve dans celles de la quatrième armée n'est pas le mien ; je ne puis donc te le donner, ou même te le prêter. Veux-tu perdre l'héritage que ton père a décidé de te léguer en demandant plus que ce que tu mérites et en te retrouvant confronté à un refus de l'Empereur ?

— Non.

— Je te conseille donc de te débarrasser de cette armée. Et le plus vite sera le mieux. »

Musashi avait raison, j'avais tort de vouloir plus que ce qu'il me proposait, mais à l'époque j'étais totalement étranger à cette logique, trop avide de pouvoir. Je voulais diriger ma vie et surtout celle des autres — y compris celle de mon maître, même si j'étais bien incapable de me l'avouer.

« Nous pourrions remembrer les armées et...

— Ne continue pas sur cette voie, jeune Mikédi, l'ordre que tu as donné après t'être emparé de la tête du général Dansai-be appartenait au registre de l'impardonnable. Nous aurions pu nous concerter, négocier et épargner bien des vies, mais, avoue-le, tu voulais gagner, profiter de l'effet de surprise qui te tendait les mains et te garantissait la victoire, ce que ne pouvait te garantir une négociation avec le général Mikuri...

— Oui, c'est ce que je voulais. Je voulais voir ce qu'est la guerre, je voulais gagner ma première bataille à dix-sept ans. Parce que le peuple respecte toujours celui qui est devenu grand la guerre.

— Comme j'aimerais que tu comprennes à quel point tu te fourvoies... Il n'y a aucun honneur dans la guerre et elle n'a jamais grandi personne.

— Mais vous livrez bataille jour après jour et vous êtes le plus grand samouraï de tous.

— Je me bats pour les autres ! Pour ce que je crois juste, pas pour accroître mon pouvoir sur le Monde, pas pour être le plus grand des samouraïs ! Il ne profite de rien celui qui possède tout. Posséder des terres, des gens, des armées, c'est sortir de la Voie du Sabre pour arpenter le plus horrible de tous les sentiers, celui de la guerre et des intérêts injustes qu'elle sert. Tu te trompes encore et toujours, comme si tu n'avais jamais écouté ce que je t'ai dit, année après année. »

Furieux, je me détournai de mon maître et attrapai par les cheveux la geisha qui l'avait sucé tout l'après-midi :

« Viens ici, toi. »

Terrorisée par les traits de mon visage borgne, déformés par la colère, la fille se serra contre moi en pleurant et en tremblant. Les yeux pleins de défi, Musashi me dévisagea.

« Allez-vous me tuer pour cette putain, maître ?

— Cette femme est mienne et si tu lui fais le moindre mal, jeune Mikédi, je prendrai ta tête et je la planterai sur une lance que j'irai moi-même offrir à ton père.

— Il vous tuera pour ça.

— Il essaiera, certes... il essaiera et cela fera des

214

morts, encore et encore, toujours plus de morts. Cette fille vient de la quatrième armée, elle n'est rien pour toi, pourquoi perdre la vie et mettre en danger ceux que tu aimes à cause d'elle ? Tu veux te venger sur elle car tu ne peux pas m'atteindre ? Pourquoi avouer ainsi ta faiblesse, alors que tu pourrais me montrer ta puissance en ne lui faisant aucun mal ? »

Je souris, vaincu une fois de plus par son art de la rhétorique. Je poussai la fille sanglotante vers lui, crachai à leurs pieds et m'en retournai à ma cabine où je fis venir plus de putains que je ne pouvais en honorer, forniquant avec elles toute la nuit, les couvrant avec sauvagerie, pressant leurs seins comme s'il s'agissait d'outres de vin, les étranglant assez pour les effrayer, tapant dans leur cul offert comme on bat le poulpe pour l'attendrir, forçant mes doigts dans leur bouche pour y trouver leur langue ensalivée, versant de l'alcool de riz sur leur sexe et leur fondement irrités par mes assauts, puis hurlant d'amusement pour couvrir leurs hurlements de douleur et de terreur.

Hurlant jusqu'à ne plus avoir de voix. Ni elles ni moi.

Une fois un certain calme revenu et avec lui les premiers avant-signes de l'apaisement et du sommeil, je les chassai de ma cabine pour être seul, mais aussi pour qu'elles puissent se soigner. Deux d'entre elles étaient déchirées et saignaient abondamment, ce qui n'allait pas manquer de provoquer la fureur de mon maître. Je m'endormis en craignant cette dernière, et pourtant je n'avais pas l'impression d'avoir mal agi. Ces filles appartenaient toutes à la cinquième armée et j'avais droit de vie et de mort sur elles. Et quoi qu'en pensât mon maître à cette époque, j'étais devenu un puissant et n'avais alors que dix-sept ans.

2

« En bien des domaines les animaux sont supérieurs à certains hommes, voilà ce que tu as prouvé cette nuit, Nakamura Oni Mikédi, le bien-nommé. Aucune d'entre elles ne mourra et je voudrais juste savoir si tu as conscience de ce que tu as fait ? »

C'est par ces mots et cette question que Musashi m'accueillit sur le pont supérieur, alors que le soleil était haut dans le ciel et qu'une jonque entravait les flots dans notre direction, arborant les sashimono de l'Empereur et d'autres, fleurs de cerisier bleues sur fond de neige, dont j'ignorais tout.

« L'émissaire impérial arrive. Je veux que tu portes ton masque et que tu te taises pendant toute la négociation. Tu ne diras pas un mot... Suis-je bien clair ? Est-ce trop te demander ?

— Non, maître. Et je suis désolé pour ce qui s'est passé cette nuit. J'ai sombré dans une folie de courte durée, une rage impardonnable. Je ferai en sorte que les meilleurs soins leur soient prodigués et je les dédommagerai, quitte à contracter une dette chez un usurier d'Edo.

— Jamais tu ne pourras rembourser la dette que tu viens de contracter envers elles. Affranchis-les et fais-le par écrit, c'est tout ce que tu peux faire pour retrouver un peu de grâce à mes yeux. »

Même aujourd'hui, je ne sais pas si Musashi s'était laissé convaincre par mes regrets ; mais une chose est sûre, avec les années j'étais devenu un acteur et un menteur de premier ordre. Et ce matin-là, je mouillai mes regrets d'une larme unique. Une longue larme de borgne qui l'obligea à détourner les yeux.

« Sais-tu pourquoi je ne t'ai pas tué cette nuit, alors que tu dormais et que ma lame dormait du même sommeil que le tien sur ta nuque offerte ? »

Je frissonnai à cette idée, caressai ma nuque légèrement irritée et lui fis signe que j'ignorais tout des raisons qui l'avaient poussé à me laisser la vie sauve.

« Si je t'avais tué, ton père, ta mère et tout le fief Nakamura m'auraient condamné à mort. Pour me libérer d'une telle menace, il m'aurait fallu tôt ou tard assassiner la noble dame Suki ; ce que je refuse de faire... quoi qu'il arrive. Ta mère t'a donné la vie il y a dix-sept ans et elle t'a sauvé la vie cette nuit, tâche de ne pas l'oublier. J'aurais aimé trouver la force de te tuer, mais je n'ai pas su, sans doute parce que je suis le premier coupable de ce que tu es devenu. Restons-en là pour le moment, jeune Mikédi, nous reparlerons de ça après le départ de l'émissaire de l'Empereur. »

Absorbé par la venue de l'émissaire impérial, Musashi fit servir le thé et préparer de la nourriture en grandes quantités avant d'ordonner aux geishas de rester dans leurs quartiers pour s'occuper de celles que j'avais violentées.

L'émissaire de l'Empereur, accompagné par six samouraïs d'allure farouche, agiles comme des tigres birmans, se présenta avec toute la cérémonie qu'impliquaient son rang et le nôtre : « Je suis Hideata Bunraku, conseiller personnel de l'Empereur. Il m'envoie vous remettre ce rouleau et vous exposer la nature exacte de l'offre qui y est consignée. »

Il ne me fallut qu'un instant pour détester cet homme joufflu, au ton condescendant. Il était visqueux comme le sont ces poulpes qu'on retire d'une flaque d'eau salée, juste après la tempête. Musashi prit le rouleau et salua l'émissaire qui continua sur sa lancée :

« L'Empereur-Dragon m'a envoyé en ces lieux parce qu'en empêchant une action impériale décisive contre la plus dangereuse des sectes genji, vous avez suscité sa fureur. Mais au vu du courage hors du commun, de l'audace et de l'art du sabre inégalable qui vous ont été nécessaires pour vous emparer des quatrième et cinquième armées, l'Empereur vous propose cent ôban chacun et une charge de samouraï contre la restitution pleine et entière, sans condition de votre part, des quatrième et cinquième armées. Il vous enverra sous peu deux généraux qui se sont portés volontaires pour le rachat de ces armées.

— Nous ne pouvons que refuser une telle offre », se contenta de dire Musashi.

Il n'y avait eu aucune parcelle de violence ou de mépris dans sa voix. Rien d'autre qu'un refus poli.

« Comment ! rugit Hideata Bunraku. Vous refusez l'offre de l'Empereur alors qu'il aurait dû vous faire assassiner, vous et vos proches. Qui croyez-vous être ? Juste un vagabond qui pue comme un trou à merde et un bâtard, fils d'un seigneur de la guerre unanimement méprisé. »

Mon sabre jaillit de son fourreau et siffla, décollant la tête de l'émissaire impérial. Pendant de longs instants saccadés, son sang gicla dans l'air, gouttant sur plusieurs des samouraïs agenouillés à ses côtés, puis son corps s'affaissa sur le côté, inerte. Aucun des samouraïs n'avait bougé ; leurs visages restaient impassibles. Je remis mon sabre dans son fourreau, me levai et, comme m'y autorisait la tradition, urinai sur le cadavre d'Hideata Bunraku pour le déshonorer dans la mort, lui qui s'était déshonoré en insultant les miens.

« Je suis Nakamura Oni Mikédi, le bien-nommé, fils du seigneur de la guerre Nakamura Ito et de la noble dame Suki. Et il n'est personne dans l'Empire que j'autorise à insulter mes père et mère. Personne. »

Je jetai un regard rapide à Musashi. Il était évidemment furieux, mais ne laissait rien paraître de sa fureur. Tout comme les samouraïs de l'émissaire, il était totalement resté impassible.

Je m'approchai du plus farouche des samouraïs, celui que j'aurais eu le plus d'appréhension à affronter, et touchai légèrement son épaule maculée de sang en utilisant le bout du fourreau de mon sabre.

Le sang d'Hideata Bunraku, d'un rouge puissant, faisait une flaque autour de mes pieds.

« Toi. Quand tu seras devant l'Empereur pour lui expliquer pourquoi j'ai tranché la tête de ton maître et pissé sur son cadavre, je veux que tu lui dises ceci : les généraux Miyamoto Musashi et Nakamura Oni Mikédi sont prêts à lui rendre ses quatrième et cinquième armées à la condition unique qu'il leur accorde une entrevue avec l'Impératrice-Fille, Tokugawa Nâgâ, première du nom. »

Le samouraï hocha la tête pour me faire comprendre qu'il avait entendu mon ordre et qu'il allait l'exécuter. Lui et ses pairs ramassèrent le corps et la tête de leur maître et retournèrent avec sur la jonque.

Une fois celle-ci passée de l'autre côté de l'horizon, j'enlevai mon masque.

« Tu n'aurais pas dû le tuer, m'annonça Musashi.

— J'en avais le droit, il avait insulté un seigneur de la guerre et son digne héritier. Les émissaires ne sont rien, même ceux mandatés par l'Empereur. Ce ne sont que des commerçants qui vendent de la politique plutôt que du riz.

— Il est facile de prendre une vie quand on possède un sabre. Il est beaucoup plus difficile de ne pas user de ce sabre pour laisser la vie.

— Le pouvoir ne croît réellement que sur le terreau de la terreur. Un seigneur se doit de l'imposer à ses sujets. Un combattant la suscite chez ses ennemis. Tous les seigneurs savent ça.

— Les bons seigneurs n'ont pas besoin de terroriser leurs sujets.

— Seriez-vous en train de me dire, maître, que mon père n'est pas un bon seigneur de la guerre ?

— C'est exactement ce que je dis et les événements qui eurent lieu il y a cinq ans sur les îles de Kido auraient dû t'en convaincre. »

Je dégainai mon sabre, aussi rapide qu'un cobra qui frappe, mais avant d'avoir pu faire quoi que ce soit, Musashi m'avait désarmé, offrant mon arme aux flots, et avait entaillé la paume de ma main droite, assez profondément pour que je ne puisse plus me battre avant longtemps. J'aurais, comme pour mon œil crevé, besoin d'agrafes de bambou pour rapprocher les lèvres de la plaie, par laquelle mon sang coulait à flots.

« Je ne t'ai pas tué cette nuit alors que j'étais fou de colère, il est donc hors de question que je te tue maintenant, alors que je ne suis que déçu. Tu es rapide, jeune Mikédi, mais pas assez pour me battre. Si l'Empereur accepte notre offre, je t'emmènerai comme prévu devant Tokugawa Nâgâ, parce que je l'ai promis à ton père. Mais par-delà cette entrevue, quel qu'en soit le résultat, nos chemins se sépareront.

— Mais je ne connais pas le Secret...

— La vérité, c'est que tu ne le mérites pas, jeune Mikédi. Tu ne l'as jamais mérité. Je t'ai montré la Voie, encore et encore. Je t'ai montré le plaisir, celui que l'on prend avec les femmes, celui de la chère, celui du travail, du jardinage, des paysages toujours en mouvement et des saisons qui se succèdent. Je t'ai aidé à développer tes sens. Je t'ai montré la Voie de l'Amour. Tu as rencontré la souillon Naishi, puis la geisha Isheido. Après avoir refusé la Voie de l'Amour, juste avant de livrer bataille contre le magicien venu de l'Empire de Qin, je t'ai expliqué ce qu'était la Voie du Sabre, je t'ai parlé de la liberté qu'elle confère et des sacrifices qu'elle implique. Tout comme tu avais dédaigné la Voie de l'Amour, tu as dédaigné la Voie du Sabre. Tu as préféré le chemin tortueux qui mène au pouvoir et à ses illusions. La puissance est une prison aux barreaux de jade, sur lequel coule un fiel qui t'empoisonnera jour après jour. Et tu es bien trop jeune pour pouvoir comprendre cela ou te préserver du fiel.

— Des mots, rien que des mots, pour me dire que nous sommes les deux faces de la même pièce, tantôt dans la lumière, tantôt dans les ténèbres.

— Il y a une grande vérité dans ce que tu viens de dire, jeune Mikédi. Mais au final, je mourrai dans la lumière car je sers mon idée de la justice, et toi dans les ténèbres car tu ne vis plus que pour le pouvoir que tu crois mériter. Maintenant essaye de trouver une putain qui accepte de soigner ta main avant qu'elle ne s'infecte.

— Ce sera facile, elles ont toutes peur de moi, elles obéiraient même si je leur demandais de manger leur merde.

— Peut-être, mais es-tu sûr que tu seras bien soigné ? »

Musashi me tourna le dos et j'entendis dans ma tête un murmure, une phrase qui me hante encore aujourd'hui :

Tu ne le mérites pas, jeune Mikédi. Tu ne l'as jamais mérité.

3

Le samouraï à qui j'avais confié notre offre de restitution des quatrième et cinquième armées revint deux jours plus tard, vêtu comme un émissaire. Il était accompagné de deux généraux en armure d'apparat et de cinq samouraïs, les cinq mêmes qui l'avaient accompagné, lui et Hideata Bunraku, le jour où celui-ci avait trouvé la mort après avoir insulté les miens.

Comme l'avait prévu Musashi, l'Empereur-Dragon avait accepté notre offre.

Nous confiâmes les quatrième et cinquième armées aux généraux, ramassâmes nos affaires et utilisâmes la jonque de l'émissaire impérial pour gagner le port commercial d'Edo.

Au soleil couchant, nous nous installâmes non loin du port, dans une pension où nous dînâmes fort bien avant d'y passer la nuit. Ma main blessée m'empêcha de dormir et c'est avec un teint affreux que je découvris le matin.

Baluchon sur le dos, nous prîmes la grande rue qui menait au palais de l'Impératrice-Fille. Nous avions rendez-vous avec elle au crépuscule, comme en attestait le rouleau impérial que nous avait remis l'émissaire. L'artère était bordée sur la droite comme sur la gauche d'une succession d'échoppes minuscules coincées entre les pilots des habitations. La plupart étaient dévolues à la chère ; d'autres, minoritaires, proposaient des massages, des divinations, des bénédictions, des coupes de cheveux, des tatouages. Il y avait aussi des amputeurs, des arracheurs de dents, des milliers de mendiants, des jongleurs, des acteurs, des charmeurs de serpent, des hommes qui menaient leur éléphant et vendaient des régimes de bananes à ceux qui voulaient nourrir leurs bêtes et s'amuser de la sorte. Plus loin, après des heures d'une marche rendue pénible par la foule vociférante, nous arrivâmes dans le quartier des poètes et des calligraphes, des estampiers, des graveurs et des orfèvres.

Alors que nous approchions du palais de l'Impératrice-Fille dont l'architecture agressive dominait maintenant l'horizon, Musashi s'arrêta devant un gamin de six ou sept ans. Celui-ci, à peine moins maigre qu'un squelette, couvert de mouches, avait une main difforme, la gauche. Il mendiait, la main droite tendue, en se balançant d'avant en arrière, les yeux vidés de tout espoir, le cul posé dans une flaque brune et grumeleuse formée par sa dernière merde.

Cette vision me donna envie de vomir. Je me tournai pour m'intéresser au palais dont les quatre toits griffus semblaient désireux de crocher le ciel pour mieux le précipiter vers la terre.

Musashi héla la femme qui tenait l'échoppe devant laquelle était assis l'enfant. Elle sortit de son magasin avec diligence et je vis qu'elle portait un nouveau-né dans le dos. Le nourrisson, enroulé dans un linge, semblait aussi fragile qu'un dragon de papier. Ce devait être le sien et pourtant elle n'avait pas l'air d'avoir plus de treize ans, malgré la taille disproportionnée de ses seins lourds de lait.

« C'est ton petit frère ? demanda Musashi.

— C'est un enfant abandonné, annonça la jeune femme. Il est bon à rien.

— A-t-il un nom ?

— Samlo, je crois. »

L'enfant hurla en entendant son nom et le répéta à voix basse plusieurs fois, toujours en se balançant d'avant en arrière. Musashi donna de l'argent à la jeune femme pour que le gamin soit torché, lavé, nourri, qu'on lui rase la tête afin d'empêcher la vermine de s'y loger. Mon maître demanda aussi à ce qu'on lui trouve des vêtements propres et des vêtements de rechange.

« Je repasserai cette nuit, si tu n'as pas fait ce pour quoi je viens de te payer, mon châtiment sera exemplaire.

— Comme tu voudras, rônin, tu as payé, mais ce gamin ne vaut pas plus que la flaque de merde dans laquelle il trempe. Moi, je vaux plus, occupe-toi d'abord de moi, tu ne le regretteras pas.

— Une vie est une vie, il n'y a pas différentes valeurs en la matière. Je vaux autant que ce gamin, autant que toi et autant que l'Empereur-Dragon qui s'entête à vouloir régir toutes les destinées. »

Terrorisée, la jeune mère se jeta à terre :

« Il ne faut pas dire de telles choses, rônin... Quelqu'un aurait pu t'entendre.

— Et alors ? Je le dis car je le pense. »

Approchant des portes du palais, alors que le soleil n'était pas encore couché, je me tournai vers mon maître :

« Vous aussi utilisez la terreur pour parvenir à vos fins.

— Pas la terreur, mais la persuasion qui accompagne la menace.

— La nuance est ténue. Et, malgré tous vos grands discours, vous avez terrorisé cette jeune femme.

— Trouves-tu normal que cette fille-mère qui voit ce gamin devant son échoppe, heure après heure, le laisse là mendier dans un état pareil ?

— Elle aurait pu le chasser, ce qu'elle n'a pas fait, pourtant sa présence devait nuire à son commerce.

— Oui. Et j'ai aidé cette femme à aller au bout de ses sentiments pour ce gamin. Elle n'avait pas d'argent pour s'occuper de lui, maintenant elle en a. Elle n'avait ni le courage de le chasser ni la volonté de l'aider, j'ai tranché pour elle et je lui ai donné les moyens de sa nouvelle politique.

— Des mots... Des mots qui ne gomment aucunement le fait que vous ayez utilisé la terreur pour parvenir à vos fins. De plus, l'enfant est certes sauvé en ce jour, mais qu'en sera-t-il demain et le jour d'après ?

— Demain cet enfant m'accompagnera sur la Voie du Sabre. Ne l'as-tu pas compris ?

— Un nouvel élève, plus malléable que le précédent ?

— Peut-être, jeune Mikédi. Peut-être... »

4

Avant d'entrer dans le palais proprement dit, nous visitâmes ses jardins sous bonne escorte et je me permis de confier mon érable au chef-jardinier du domaine. Cela fait, je demandai à mon maître quelle serait la marche à suivre une fois que nous nous trouverions en présence de l'Impératrice-Fille.

« Je n'en ai aucune idée, me répondit-il. Je suppose que tu devras lui demander la permission de collecter assez d'encre de Shô afin de pouvoir l'épouser. »

J'acquiesçai.

Un conseiller personnel de l'Impératrice-Fille nous reçut dans un salon démesuré, décoré avec des meubles de grande valeur, d'immenses statues de dragons et de samouraïs. Contre un des murs était exposée une collection impressionnante de koto. Il consulta le rouleau impérial qui nous autorisait à avoir une entrevue avec l'Impératrice-Fille. Il hocha la tête, nous annonça que nous étions attendus dans la chambre orientale et s'empressa de nous y mener à petits pas rapprochés et silencieux, progressant dans un large couloir gardé par une bonne trentaine de samouraïs parfaitement immobiles, droits comme autant de lances dans un râtelier d'avant-bataille.

Après s'être agenouillé devant la porte de la chambre impériale, il nous laissa le soin d'ouvrir celle-ci. Elle était immense, faisant bien quatre fois ma hauteur, toute en bois peint en rouge, sculptée à l'image du dragon. Il nous fallut notre force conjuguée, à Musashi et à moi, pour tirer un des battants de la porte afin de pouvoir pénétrer dans la chambre obscure dans laquelle m'attendait mon destin.

Musashi entra le premier, fit quelques pas en avant et s'agenouilla avec toute la cérémonie dont il était capable. Je fis comme lui, après avoir passé mon masque de démon.

L'Impératrice-Fille, tout en écailles ternies par la pénurie d'encre de Shô, nous attendait allongée sur un lit dans lequel auraient pu copuler deux éléphants. Elle devait peser le poids de dix hommes et ressemblait bien plus à un dragon de la terre qu'à une jeune femme désireuse de se trouver un mari. Son visage triangulaire aux yeux jaunes fendus verticalement était celui d'un varan carnivore, rehaussé d'une crête mobile, qui changea de couleur dès qu'elle posa ses yeux sur Musashi. Les chairs molles et vertes de son couvre-chef naturel étaient maintenant d'un bleu aiguisé.

Une pensée m'assaillit : je ne pouvais probablement pas féconder une créature de ce genre, dans laquelle ma sève se perdrait avant d'avoir atteint son but. Elle dut deviner mes pensées, car à ce moment-là sa longue queue à piquants quitta le berceau de ses cuisses ouvertes pour fouetter l'air, nous offrant du même coup le spectacle de son sexe grand ouvert, palpitant, dans lequel on aurait pu glisser un homme de la tête aux pieds.

Elle observa Musashi de longs instants, puis elle tourna la tête vers moi et ricana.

« Voilà donc le vagabond et le bâtard qui ont vaincu les généraux Dansai-be et Mikuri avant de décapiter l'émissaire impérial. Saviez-vous que mon père détestait Hideata Bunraku et qu'il l'avait envoyé à la rencontre de rustres dans votre genre en espérant que cette charogne y perdrait la tête ? »

Aucun de nous deux ne se donna la peine de répondre, considérant que la question n'en était pas une et appartenait au domaine des précisions cruelles et délicieuses. L'Impératrice renifla dans ma direction : « Tu ne sens rien, gamin, pas même le savon dont tu t'es frotté le cuir. En fait... tu portes sur toi l'odeur du sang... tu es blessé. »

Je fis signe que oui et lui montrai ma main bandée ; le bandage était taché de sang séché. Elle se tourna vers Musashi pour le renifler. Ses narines se dilatèrent et se contractèrent en rythme et elle émit un terrible soupir de plaisir qui nous permit de profiter de son haleine ophidienne et piquante.

« Tu sens les putains qui se négligent et le vin, annonça-t-elle à mon maître.

— Mes vices principaux, s'il en est que je dois confesser

— Vous avez prouvé votre bravoure hors du commun et vous avez ensuite demandé à me voir en tête à tête alors que l'on vous proposait des charges de samouraïs et de l'or... Puis-je savoir pourquoi vous avez fait un si mauvais choix ? »

Je me raclai la gorge avant de parler :

« C'est... C'était...

— Oui ?

— Pour vous demander la permission de collecter la quantité d'encre de Shô nécessaire à...

— Comme c'est original... Vous voulez m'épouser, tous les deux, voilà qui ne manque pas de *saveur*.

— Non, juste moi », annonçai-je d'une voix trop faible.

L'Impératrice déroula hors de sa bouche cornée une langue longue comme mon bras, puis la ravala en la faisant claquer, aspergeant de salive ses coussins et l'un des piliers sculptés de sa couche.

« Enlève ton masque que je puisse contempler le visage de celui qui veut devenir mon époux. J'imagine que c'est pour être le père du prochain Empereur et non pour honorer ma beauté intérieure et extérieure. »

Je m'exécutai sans faire de commentaire, posant le masque à mes pieds. Aussitôt, elle éclata de rire, un rire de grotte qui s'effondre et dont les stalactites volent en éclats, un rire dans lequel grondaient les rocs d'un mépris insondable.

« Tu es laid ! Vraiment très laid. Remets ton masque, à dire vrai cela te sied. »

Comparé à elle, j'étais un modèle de beauté, ce

que j'aurais bien aimé lui faire remarquer. Mais je préférai me taire, car je l'imaginais facilement occupée à me dévorer vif ou à m'enfourner de force dans son sexe géant, gouffre de l'inassouvi, puits de tous les maux.

« J'accepterai que le vagabond me demande en mariage, m'annonça-t-elle. J'ai envie de lui dire oui. J'aime son odeur, on dirait qu'il a baisé des truies et brouté de la petite vérole toute la nuit. J'apprécie sa beauté sauvage et la puissance de son regard noir. Il sent l'expérience de la débauche permanente et peut-être acceptera-t-il que je fasse aller et venir son corps tout entier entre mes cuisses. »

Musashi leva la tête :

« Jamais au cours de mon errance plus grand honneur ne m'a été fait, dit-il, mais je ne puis vous épouser. Ça m'est impossible, j'appartiens à la voie que j'arpente. C'est la Voie du Sabre et nulle autre. Elle ne permet ni le mariage ni l'exercice prolongé du pouvoir. Je suis ici pour accompagner mon élève, rien de plus.

— Hors de ma vue, vagabond ! Fuis avant que je ne te dévore vif. Tu oses refuser un mariage que je n'avais proposé à nul autre. Ta stupidité est sans fond, tel le noir de tes yeux.

— Cela a toujours été le cas. Votre perspicacité n'a pas d'égale et l'élève vous sera bien plus utile que le maître, il est la sève qui monte alors que la mienne s'assèche. »

Sans attendre plus avant, Musashi quitta la pièce

en reculant, agenouillé pour atténuer la grossièreté de sa fuite.

J'allais faire de même quand l'Impératrice s'adressa à moi :

« Reste ici, Démon ! Je crois que sur un certain point, ton maître n'a pas tort, et il est une chose dont je veux te parler. »

Je hochai la tête pour l'inviter à poursuivre.

« Mon père a de grands projets pour l'Empire. Il en a toujours été ainsi. Il voit loin, beaucoup plus loin que ses ancêtres : au-delà des horizons, au-delà des mers, au-delà du Continent-Éléphant. Il aimerait envoyer une mission diplomatique en Europe, afin d'y apprendre tout ce que l'on peut y apprendre, notamment les secrets de cette magie que les Portugais appellent l'alchimie. L'ennemi dont on ne sait rien est le plus dangereux de tous et l'Europe a beau être lointaine, elle n'en demeure pas moins une menace. J'aimerais que tu me dises si tu es intéressé par ce projet. »

J'acquiesçai, incapable de parler.

« Reviens demain, avec toutes tes possessions. Je te présenterai les hommes qui seront sous ton commandement et celui qui te commandera, un des samouraïs de mon père : Yoshishige Araki. Je t'expliquerai pourquoi tu seras l'assassin dont a besoin cette mission. »

Après avoir récupéré mon érable, je quittai le Palais et me mis en quête de l'échoppe où Musashi avait remarqué l'enfant qui n'appartenait à personne. La fille-mère m'y attendait, assise sur un tatami à la saleté exemplaire. Elle donnait le sein à son enfant et chantonnait dans une langue que je ne connaissais pas. Tout en continuant d'allaiter la chose fragile qui était récemment sortie d'entre ses cuisses, elle me prépara des nouilles aux tripes de porc et aux champignons. Le contenu du bol sentait la merde, mais avait plutôt bon goût.

« Il a dit que tu repasserais.

— Qu'a-t-il dit d'autre ?

— Qu'il regrettait de ne pas avoir su te montrer la Voie. Rien de plus.

— Il est parti avec l'enfant à la main malformée ?

— Oui... Va-t-il lui faire du mal ?

— Je ne crois pas... Il a un sens romantique, quelque peu désuet, des choses justes. »

Je posai mon bol vide et lui donnai de l'argent. Elle regarda la pièce d'or et me sourit.

« Tu ne veux pas rester ? » me demanda-t-elle alors que l'enfant se désintéressait de son sein lourd de lait, à l'aréole disproportionnée.

« Rester ?

— J'ai besoin d'argent... pour mon fils. Je sais faire, je fais bien. Le rônin n'a pas voulu rester. »

En la regardant, si jeune et depuis si longtemps déflorée, je me souvins des putains que j'avais maltraitées sur la jonque des plaisirs et aussi de cette vision atroce, celle du sexe palpitant et démesuré de l'Impératrice-Fille.

« Je ne peux pas », lui dis-je en frissonnant de dégoût.

Elle se jeta à mes pieds et m'implora de rester.

« ... sinon ils vont venir, comme chaque nuit. Ils

me prennent et me laissent en sang avant l'arrivée du matin. Ils me font si mal... et j'ai peur qu'ils fassent du mal à mon bébé...

— Qui ?

— Des hommes... qui d'autre ? »

Après avoir hésité, je posai mon baluchon dans sa cahute, fit siéger mon érable sur sa table basse et l'observai alors qu'elle s'occupait de son fils. Quand elle s'endormit, sans avoir réussi à me soutirer ne serait-ce qu'une caresse, je la regardai encore, subjugué par son innocence perdue.

Comme elle me l'avait dit, des hommes vinrent au beau milieu de la nuit. Je saisis dans les braises la tige de métal que j'y avais plantée à la nuit tombée et, mon masque sur le visage, je les dispersai, frappant assez fort, le plus souvent possible au visage, pour qu'ils n'aient plus jamais envie de revenir et qu'ils soient marqués.

Une fois les assaillants enfuis, je ramassai dans la poussière une oreille qu'un de mes coups avait arrachée et la donnai aux chiens errants qui se la disputèrent en jappant. Épuisé, je m'effondrai pour pleurer tant ma main droite me faisait mal. La plaie s'était partiellement rouverte et suintait sang et lymphe.

Entre sommeil et larmes de soulagement, la fille-mère se blottit contre moi et je la berçai quelques heures en lui murmurant qu'ils ne reviendraient pas. *Pas ce soir*. Puis je m'endormis.

Les pleurs du nouveau-né me réveillèrent au moment où la nuit commence à prendre fin et que le soleil, sans pour autant apparaître sur l'horizon, éclaire déjà le monde. Je torchai la merde du petit bonhomme en grimaçant, lui mis un lange propre et le calai contre sa mère endormie pour qu'il puisse téter.

En quittant l'échoppe au petit matin, avant que la fille-mère ne fût réveillée, je compris que pour la première fois de ma vie j'avais arpenté la même voie que mon maître : défendre une jeune femme contre ceux qui, nuit après nuit, venaient la violer. Elle représentait en même temps la Voie du Sabre et celle de l'Amour. Et je n'avais même pas pensé à lui demander son prénom, sans doute parce qu'elle n'était rien pour moi, juste un moyen de me jauger.

Devant moi se trouvait le Palais de l'Impératrice-Fille et derrière moi l'échoppe de la fille-mère que je venais de protéger.

La voix de mon maître résonna dans ma tête alors que j'hésitais : « *Tu ne le mérites pas, jeune Mikédi. Tu ne l'as jamais mérité.* »

Un démon fait toujours le *bon* choix, celui qui accroît son pouvoir. Et c'est donc avec fierté que je me présentai devant l'Impératrice-Fille pour accepter la charge d'assassin qu'elle m'avait proposée la veille. Je confiai mon érable à son chef-jardinier et six jours plus tard j'embarquai pour l'Europe sous le commandement du plus impressionnant des samouraïs que j'aie jamais rencontré : Yoshishige Araki. Un homme qui avait passé sa vie à apprendre le maniement des armes tout en refusant de toucher les femmes pour mieux emmagasiner en son sang le pouvoir que confère la masculinité frustrée.

5

Mon voyage dura six ans en tout. Six années durant lesquelles chaque nuit je fus réveillé par la voix de celui qui n'était plus mon maître : *Tu ne le mérites pas, jeune Mikédi. Tu ne l'as jamais mérité.*

Yoshishige Araki mourut en mer quelques mois à peine après notre départ, alors que nous étions attaqués par des pirates d'Allah, ceux qui portent le turban et dont le corps est tatoué de milliers de petits points bleus.

Tout naturellement, alors que nous nous enroulions le long des côtes du grand Continent Noir, je pris la tête de la mission diplomatique.

Arrivés en Europe, nous affrontâmes pendant cinq années un monde vaste aux repères flous. Un monde barbare où le royaume de France, celui d'Angleterre et celui d'Espagne se battaient avec rage. Chacun pour affirmer sa suprématie sur ce qu'ils appelaient le Nouveau Monde, conscients d'habiter l'Ancien, une géographie décadente et usée qui ne pouvait plus s'enorgueillir que de la richesse de son passé.

Au cours de ce voyage, j'appris l'espagnol, rencontrai des gens étranges vivant dans des bâtiments étranges qui surplombaient le plus souvent des paysages auxquels je ne trouvais aucune grâce. Invité en cela par la nature particulière de ma mission, qui tenait plus de l'espionnage que de la diplomatie, mon sabre trancha bien des vies, mais malgré le sang versé nous échouâmes à nous emparer du secret de l'alchimie. Nous cabotâmes longtemps le long des marécages du savoir ésotérique, où les Italiens et les Autrichiens avaient pataugé des siècles durant sans jamais trouver la sortie. Puis nous abandonnâmes à ces fous le rêve encore plus fou de la pierre philosophale.

Dans les auberges qui se succédèrent sur notre route, je couvris des femmes sales mais ô combien actives en comparaison de celles que j'avais honorées précédemment. La plupart avaient une poitrine de vache et aucune honte à crier dans les bras d'un « homme jaune ». La première fois, de telles vocalises me surprirent, puis je finis par m'y habituer. En France, je vis des enfants aux cheveux d'or, au visage taché de son. Je vis aussi, dans chacun des pays que nous visitâmes, des hommes si grands qu'ils ressemblaient à des géants.

À Tolède, je rencontrai deux aventuriers aussi dissemblables qu'on pût l'être : un guerrier au physique de saucisse sèche et son chroniqueur. Sous la flamme de cent bougies dégoulinantes de cire blanche, ils me parlèrent de démons ailés et incompréhensibles, de missions perdues d'avance, de veuves et d'orphelins, tout en buvant du vin à même le pichet et en mangeant du mouton rôti accompagné de fèves sautées dont l'odeur me donna envie de vomir. Ils étaient aussi répugnants qu'amusants. Je leur proposai de me suivre jusqu'aux Poissons-Chats, mais ils refusèrent, se jugeant pour le moment trop occupés par les injustices dont le royaume d'Espagne était le théâtre.

Durant ces cinq années passées en Europe, je rencontrai mille gens tout aussi fous que ces deux-là et un jour, comme nous n'avions presque plus d'or pour poursuivre notre mission, nous reprîmes notre bateau pour rentrer chez nous, riches de mille aventures insensées, comblés par l'idée de retrouver le sol natal. Et, malgré les mois passés en mer, le voyage me parut bien court.

6

À mon retour à Edo, le Poisson-Chat Honshu me sembla plus beau que jamais. L'Impératrice-Fille nous reçut avec les honneurs, nous assurant que toutes les inventions collectées et le récit de nos aventures valaient amplement le temps que nous y avions passé, les sacrifices concédés et l'or dépensé.

Une fois mon compte rendu terminé, elle m'apprit que mon père et la majorité de ses sujets étaient morts, deux ans auparavant, massacrés par une coalition de trois seigneurs désireux de posséder un accès à la mer. Durant mon absence, l'encre de Shô avait fait comme d'ordinaire de nombreuses victimes.

Mon père.
Suki.
Tous mes sœurs et frères cadets.

Avec la permission de ma souveraine et mes émoluments, je m'empressai de lever une armée d'arquebusiers et de canons, pareille à celles que l'on trouve en Europe, n'engageant que douze samouraïs dont je fis ma « garde prétorienne » — j'avais lu cette expression dans un livre traduit en espagnol qui traitait de la vie et de la mort de douze des empereurs romains. Un livre qui depuis m'accompagnait partout, tant il était riche en enseignements. Je fis équiper mes douze hommes d'armures légères doublées de cotte de mailles que j'avais ramenées d'Europe. Certains rechignèrent, mais bientôt ils y virent tous leur intérêt.

À la tête de la nouvelle armée Nakamura, je me mis en marche vers le Sud, vers ce qui avait été le fief de mon clan pendant plus de trois siècles.

Après cinq jours d'une bataille effroyable dont le récit n'a guère sa place ici, je réussis à raser complètement ce qui avait été la forteresse de mon père. Puis je fis mettre à mort les trois seigneurs qui s'étaient emparés de mon héritage. Ainsi que leurs dix mille sujets, afin de me prémunir de tout acte de vengeance et asseoir mon pouvoir.

J'étais toujours le démon qui avait tant effrayé mon ancien maître. Mais j'étais devenu en plus un seigneur de la guerre craint et respecté. J'avais beaucoup appris en Europe, notamment en matière de tactiques et de stratégie. J'avais trouvé les références de cette étonnante bataille qui avait opposé trois cents hommes à deux cent cinquante mille, cette bataille que Musashi avait utilisée comme exemple pour essayer de me convaincre d'attaquer les quatrième et cinquième armées de l'Empereur à la tête de trois cents moines genji. La bataille des Thermopyles, gagnée et perdue par le roi de Sparte Léonidas ; perdue parce qu'il y était mort, gagnée parce que ensuite les Perses avaient été massacrés.

Quelques jours après ma victoire, alors que j'arpentais les cendres de ma forteresse natale, un homme me remit un rouleau provenant de l'Impératrice-Fille. Elle m'y félicitait et légitimait la toute nouvelle étendue de mes domaines.

Le jeune Mikédi venait de mourir, remplacé par le seigneur de la guerre Nakamura Oni Mikédi. Ainsi va l'Histoire.

Et cette nuit-là j'entendis encore la voix de mon maître :

« Tu ne le mérites pas, jeune Mikédi. Tu ne l'as jamais mérité. »

Un timbre par trop connu qui me réveilla en sueur et en pleurs.

L'Impératrice-Fille me manda à Edo quelques mois plus tard, alors que les travaux de reconstruction de la forteresse familiale battaient leur plein. J'avais planté mon érable dans les nouveaux jardins, désireux de le voir se développer et veiller un jour sur mes enfants plutôt que de rester malingre et inutile.

Une nouvelle mission m'attendait. Je devais me rendre dans le royaume de Corée en toute discrétion et trouver un moyen d'étouffer ses velléités de conquête, toujours plus évidentes. Cette mission me prit plus de deux années et fit de moi l'homme qui tua les cinq héritiers du royaume de Corée.

À mon retour sur le Poisson-Chat Honshu, j'avais un peu plus de vingt-six ans. L'été chauffait agréablement le monde et on parlait de moi à la cour comme du prochain Shôgun. J'étais devenu une légende vivante, tout comme mon maître qui continuait d'occuper nombre de mes pensées et m'empêchait toujours de dormir, sauf à prendre des drogues terribles.

L'Impératrice-Fille, plus que satisfaite par ma mission en Corée, me laissa deux années pour me reposer et me donna l'autorisation écrite de boire l'encre de Shô afin de profiter de l'immortalité reptilienne que sa consommation confère. Je refusai. Je voulais conserver mon apparence humaine, du moins le temps de prendre femme et d'avoir un mâle héritier.

Je profitai de ces deux années de calme mérité pour me rendre à la Pagode du Plaisir que j'avais vue la dernière fois dix ans auparavant. Là, je payai le prix fort pour avoir cent jetons noirs et rejoindre la geisha Isheido dont je m'étais assuré de la présence.

« Le jeune Mikédi est mort, me dit-elle. On parle maintenant de vous comme du prochain Shôgun. Vous êtes le seigneur de la guerre Nakamura Oni Mikédi, autorisé à boire l'encre de Shô, et je m'étonne de votre visite, vous qui fréquentez la cour et les dames qui y cherchent un bon parti.

— Je suis venu ici pour deux raisons. Premièrement : je veux te prendre pour épouse.

— Concubine suffirait...

— Non, je sais que cela m'empêchera d'épouser l'Impératrice-Fille, mais j'ai vu ma mère vivre comme une concubine alors qu'elle méritait amplement de vivre comme une épouse. Et je ne veux pas que la femme que j'aime endure la même chose.

— Et quelle est la seconde raison de votre venue ?

— J'ai besoin d'un jeton gravé pour finir ce que j'ai commencé il y a dix ans et découvrir le secret de celui qui fut mon maître et dont la voix m'empêche de dormir, jour après jour.

— Dans ce cas, Seigneur Nakamura Oni Mikédi, vous avez besoin de deux jetons. L'un pour connaître le secret de Miyamoto Musashi, le second pour demander à Dame Nô quel est le prix de ma liberté.

— Consens-tu à les graver ? »

Elle me regarda et enleva le bandeau noir qui couvrait mon œil manquant.

« Quelle vie me réservez-vous, Seigneur ? Une vie d'attentes interminables, chaque fois que vous devrez livrer bataille loin de votre foyer ; une vie de terreur parce que vous vivez la nuit pour pouvoir tuer plus facilement vos ennemis ? Aurai-je des enfants de vous ? Ferai-je les mêmes cauchemars ?

— J'essayerai de m'occuper de mes domaines et de mes gens autant que possible, voilà tout ce que je peux promettre. J'engagerai les meilleurs samouraïs pour vous protéger toi et le fruit de tes entrailles. Et tu peux refuser, Isheido...

— Vous savez bien que non.

— Explique-moi..

— Nulle geisha déflorée n'a le droit de refuser

246

la demande en mariage que lui fait un seigneur de la guerre.

— Je te donne ce droit. Et si tu refuses ma demande, je ne te blesserai pas, j'irai même jusqu'à payer ta liberté. Je suis un démon quand je livre bataille, je suis hanté quand je dors. Mais le reste du temps, je ne suis qu'un jeune homme borgne qui a juré de se venger de celui qui fut son maître indigne.

— Il a disparu, non ?

— On le dit ermite, maintenant...

— Pourquoi se venger de lui ?

— Il me hante, nuit après nuit, il me fait payer chacune de mes réussites. Et sans lui, j'aurais toujours mes deux yeux et j'aurais eu une chance de sauver mon père et ma mère. Il a changé le cours de ma vie, détourné le fleuve de mon existence. Tu es la seule chose positive que je lui dois. Peux-tu comprendre ça ?

— Je peux essayer. »

Isheido me confirma qu'elle voulait m'épouser, d'une voix morne, triste. Je m'attendais à plus de chaleur humaine, lui en parlai. Elle grimaça et me fit remarquer qu'elle était une prostituée, de celles qui disent toujours oui, et qu'elle le serait à jamais, mariée ou non. Elle me grava deux jetons sans attendre et Dame Nô répondit à chacune de mes deux questions .

« Le secret de Musashi réside dans l'amour qu'il a voué à une jeune femme prénommée Masuji. Et il te faudra me donner son poids en or pour libérer Isheido de cet endroit. Cependant, j'aimerais t'en dissuader.

— Pourquoi ?

— Il te faudra m'amener un jeton gravé pour que je réponde à cette question et je sais que tu ne le feras pas, car la réponse t'effraye déjà. »

Furieux, je quittai les appartements de Dame Nô et payai pour Isheido.

« Vous avez découvert le secret de votre maître ? me demanda-t-elle alors qu'elle préparait ses affaires pour le départ.

— Dame Nô m'a dit que Miyamoto Musashi était l'homme qui aima Masuji. Ce qui pour le moment ne m'avance à rien. »

Isheido en laissa tomber son éventail.

« C'est impossible, murmura-t-elle en tremblant légèrement.

— Quoi ?

— C'est impossible. Cette légende a plus de cent ans, ma grand-mère me l'a racontée plusieurs fois ; elle la tenait de sa mère. Pourtant Dame Nô ne ment jamais...

— Ce qui veut dire que cet homme est bien plus démon que moi et qu'il aurait plus de cent ans... Peux-tu me raconter cette légende ?

— Bien sûr. C'est l'une de mes préférées. C'est peut-être même celle que je préfère à cause... »

Sans doute par peur de provoquer ma colère, elle n'en dit pas plus et redonna vie à la légende.

7
L'histoire édifiante de l'homme
qui aima Masuji

(telle qu'elle me fut racontée
par la geisha Isheido
à l'époque où elle n'était pas encore mon
épouse)

Il était une fois une jeune fille prénommée Keiji.
Sa modeste demeure se trouvait à flanc de colline, veillée par la beauté sempiternelle du mont
Fuji. Toute de bois construite, cette habitation
dominait une rivière étroite, sertie de rapides
comme autant de pierres précieuses et vive comme
le sont les petites filles de la campagne.

Alors que la jeune fille quittait un coin de rive
sablonneux où elle avait laissé s'échapper bien malgré elle une truite arc-en-ciel après avoir rempli
deux jarres d'eau fraîche et limpide, elle remarqua
un jeune homme couché en travers des fourrés. Plus
de dix flèches hérissaient son armure de samouraï.
Une armure gusoku, tout en lamelles de fer laquées
d'argent, décorées et liées avec des coudées et des
coudées de cordon de soie blanche. Le casque manquait, elle ne le trouva nulle part dans l'herbe écla-
boussée de sang, rouge sous un ciel tel l'océan.

Après avoir posé ses jarres contre un tronc en
prenant garde à bien les caler, elle s'approcha du
mort, espérant pouvoir récupérer quelques-unes

de ses possessions. Alors qu'elle s'était agenouillée pour saisir l'anneau de pierre noire qu'il portait au cou au bout d'une ficelle usée, il lui saisit le poignet, vif tel le tigre, terrifiant comme le sont chaque fauve, chaque guerrier blessé.

Elle hurla et lâcha sa trouvaille en reculant, se débattant tel un animal prisonnier d'un piège.

Jamais elle n'avait pensé que le jeune homme pût être vivant.

Il lui lâcha le poignet aussitôt et sombra.

L'observant avec soin, elle remarqua qu'il n'était pas coiffé comme un noble samouraï. Son crâne n'était pas partiellement rasé ; l'homme avait les cheveux libres et sales, alourdis de sueur sèche, de poussière, de pollen et de sang coagulé.

De retour chez elle, Keiji rangea l'eau, mangea un peu de riz vinaigré et tira de la grange sa charrette à bois. Elle alla chercher le buffle dans l'enclos et l'attela.

Elle ramena l'homme chez elle, après avoir cassé les hampes des flèches, l'une après l'autre. Elle garda néanmoins un des empennages par trop connus.

Il vivait toujours, treize morceaux de bois longs comme le doigt émergeant d'autant de plaies que le pus n'avait pas encore gonflées.

Elle le fit boire, de la bouche à la bouche ; c'était le seul moyen qu'elle avait trouvé pour ne pas gâcher l'eau, si précieuse.

« Tu devrais être mort », dit-elle.

L'homme essaya d'ouvrir les yeux, mais le sang

croûté collait ses paupières et ses lèvres. Elle lui nettoya le visage à l'eau chaude et parfumée. Il lui attrapa le poignet comme la première fois, mais moins fort.

« Quand tu enlèveras les flèches, jeune fille, ne laisse pas les pointes à l'intérieur de mon corps.

— Mais comment ?

— Utilise un bon couteau, chauffe-le avant de me déchirer avec.

— Ça te tuera.

— Non... si j'avais dû mourir, ce serait déjà fait... »

Et l'homme sombra.

Keiji fit ce qu'il lui avait dit. Elle utilisa un bon couteau de cuisine pour le déshabiller, retirer les treize pointes de flèches qu'abritait son corps ensanglanté. Certaines de ses plaies auraient dû le tuer, mais il s'accrochait à la vie. Encore et encore.

Elle rapprocha les lèvres des plaies avec des agrafes de bambou, les frotta avec un tissu gonflé d'urine bouillie. Fatiguée, elle prit quand même le temps de laver les cheveux de l'homme, de les couper puis de les sécher. Elle le couvrit d'une bonne couverture de laine, fit du feu alors que la nuit n'était pas vraiment fraîche.

Le lendemain matin, l'homme lui demanda son aide pour uriner. Elle l'aida.

« Tu devrais être mort, tu...

— J'ai quelque chose à finir. Après, et seulement après, je pourrai mourir.

— Tu es comme un fantôme. Tu es comme ces vieilles de la montagne qui refusent de mourir, qui n'ont pas de bouche et mangent par l'entrejambe ou le sommet du crâne.

— Rien de tel, tu peux inspecter l'un comme l'autre... Je suis l'homme qui... Peu importe. »

Alors qu'il avait fini d'uriner depuis longtemps, son sexe durcit dans la main de Keiji. Elle détourna les yeux et il lui dit : « Tu vois bien que je ne suis pas mort. »

Et chacun d'eux se mit à sourire.

La jeune femme faisait cuire du riz et préparait un bon potage aux champignons, quand l'homme se leva sans aide pour la première fois. Dans la jarre d'eau, il regarda son visage émacié, sa barbe malade.

« Je vais te raser, dit la femme.

— Comment t'appelles-tu ?

— Je suis Keiji.

— Keiji ? Tu n'as pas de nom ?

— Je suis une bannie, peu importe le nom du fief auquel j'appartenais. Et toi, quel est ton nom ?

— Tu l'ignores, malgré tous les signes... Je suis l'homme qui aima Masuji. Nul autre. »

L'homme refusa d'en dire plus. Il retourna se coucher, trop fatigué pour tenir debout. La fièvre habitait son corps comme un songe se dore aux soleils de la nuit.

Keiji le réveilla plus tard dans la journée, pour qu'il mange. Elle le soutint jusqu'aux commodités, près de l'enclos, puis l'aida à revenir à la maison.

« Resteras-tu avec moi cet hiver, pour que je n'aie pas froid ? »

L'homme la regarda, étonné.

« Tout cela semble soudain.

— C'est à cause de mon empressement que j'ai été bannie.

— Je vois. Tu sais toujours ce que tu veux...

— Mon corps, bien plus que mon esprit, ignore l'hésitation. »

L'homme rassembla ses vêtements déchirés, les pointes de flèches et demanda à la jeune fille de les enterrer là où nul ne pourrait les trouver. Il remit autour de son cou l'anneau de pierre noire. Keiji en avait remplacé la ficelle usée par une lanière de cuir de buffle.

« Tu t'en vas ?

— Non. Je n'ai pas de vêtements.

— Je te ferai des vêtements.

— Je n'ai pas d'arme.

— Quel genre d'homme qui par la flèche faillit mourir une fois continue d'avoir besoin d'une arme ?

— L'homme qui aima Masuji. »

Le lendemain matin, l'homme se leva tout seul.

Le jour d'après, il alla aux commodités sans aide.

Le jour d'après, il réveilla Keiji, la mit à genoux. Il lui enfonça le visage dans le tatami, la prit par les hanches sans dire mot et s'enfonça en elle sans aucune difficulté, l'obligeant à se cambrer au maximum, ne jouissant hors d'elle qu'après qu'elle eut protesté en criant, en geignant.

Plus tard, alors qu'ils s'apprêtaient à manger et qu'aucun d'eux n'avait prononcé un mot depuis la veille, elle prit le chaudron de soupe qui cuisait en utilisant un linge pour ne pas se brûler et lui jeta le contenu sur tout le corps. Elle avait visé le visage, mais le liquide brûlant frappa l'étranger en pleine poitrine, aspergeant du même coup ses bras, ses jambes et une bonne partie de son ventre sculpté par plusieurs mois de faim. Il hurla, renversa une des jarres d'eau fraîche sur son corps, s'essuya et lui demanda pourquoi elle avait fait ça alors qu'elle le désirait depuis quelques jours déjà.

« Je ne suis pas un animal ! hurla-t-elle. C'est à moi de choisir quand et comment. Si tu veux autre chose, il y a une truie dans mon enclos. »

La nuit venue, le torse de l'homme et une partie de son ventre n'étaient plus qu'une immense brûlure, cloquée, suintante de lymphe.

La fièvre grondait dans son corps comme une montagne pleine de lave.

Il aurait dû la tuer pour ça.

Le lendemain, mais pas avant, alors qu'il lui faisait l'amour comme à une femme et non comme à un animal, veillant à ce que ses brûlures si laides, si douloureuses, n'entrent pas en contact avec la peau de la jeune femme, cette dernière lui dit qu'elle regrettait et qu'elle pouvait sans doute faire quelque chose pour effacer les cicatrices. Il ne l'écoutait pas, pas vraiment ; blotti dans le plaisir mêlé de souffrance, il lui offrait toute son ardeur, le corps perdu dans un soleil invisible, le visage déformé par la concentration. Et, quand le dos de

Keiji s'arc-bouta, que ses doigts fins comme la pluie cherchèrent sans trouver quelque chose à crocher, l'étranger perçut avec une conscience aiguë qu'il était en train de donner ce que, la veille, il avait volé.

Il fallut huit semaines à Keiji pour tatouer l'homme qui aima Masuji. Huit semaines, où il vécut constamment affaibli par la consommation excessive d'alcool de riz.

« Tu ne devrais pas boire, ça rend le sang plus fluide.

— L'alcool m'assomme alors que tes aiguilles fouillent mon corps.

— C'est une illusion...

— Le monde n'est qu'illusions. »

Durant ces huit semaines, la jeune fille glissa sous sa peau, à l'aide d'aiguilles de tailles diverses, plus de couleurs qu'en porte l'automne quand les collines s'enflamment d'un feu froid et que les feuilles se parent de rouge et de jaune, brûlent tout leur vert, toute leur sève. Jour après jour, sur près de deux mois, la peau de l'homme devint estampe, beauté, gonfla, fleurit en une forêt d'animaux et de dieux, de dragons et de tigres, organisée autour de la sublime Masuji, qui nue et lascive occupait une bonne partie du torse de l'étranger, de l'épaule jusqu'à la cuisse opposée. Et ainsi, Keiji cacha à la vue de tous les cicatrices des flèches et les brûlures. À jamais.

Le corps de l'homme qui aima Masuji était devenu l'acmé tatouée, le chef-d'œuvre d'une femme amoureuse, d'une main respectueuse et tendre. Keiji n'avait jamais été considérée comme une bonne tatoueuse par ses pairs, des hommes évidemment. Mais, amoureuse et riche de cet amour, elle était devenue *la meilleure* de toutes. Apte à réparer une peau comme d'autres le sont à forger des armes magiques, indestructibles.

« Je n'arrive pas à y croire... C'est elle, c'est Masuji, encore plus belle que dans mes souvenirs. Je reconnais ses seins, son sexe à la pilosité semblable à un duvet », annonça l'homme qui se regardait dans la rivière alors que les croûtes colorées qui avaient recouvert son corps étaient presque toutes tombées.

« Ta peau se souvenait d'elle. Ta peau m'a guidée, je n'ai eu qu'à suivre ses indications d'une précision extraordinaire. »

« Je vais bientôt partir, dit l'homme.

— Pourquoi ? Tu n'es pas heureux ici ? »

L'hiver s'apprêtait à s'éteindre comme un feu trop longtemps abandonné. La neige laissait place à l'herbe jaunie, écrasée par tant de poids, tant de mois glacés. L'homme était resté avec elle pour lui tenir chaud, il lui avait appris tout ce qu'il savait de l'amour physique et découvert presque autant. Et maintenant, il osait parler de partir, s'en aller, disparaître. Abandonner la seule personne qui, au moment présent, l'aimait.

« Ne pars pas, demanda la femme.

— Tu ne peux pas comprendre, dit l'homme.

— Pour ça, il faudrait que tu me racontes ton

histoire. Je suppose que tu as aimé une femme prénommée Masuji, qu'elle t'a offert ce bijou, cet anneau de pierre noire que tu refuses de quitter. Je crois qu'elle est morte. Et que tu veux tuer ceux qui sont à l'origine de sa mort. Tu as déjà essayé une fois et ils t'ont laissé pour mort, là où je t'ai trouvé.

— L'amour est éternel.

— L'amour oui, pas l'étreinte... Ce n'est pas parce que tu es avec moi que tu manques de respect à Masuji. D'où elle est, elle est contente de te voir heureux.

— L'homme qui aima Masuji ne sera plus jamais heureux. Seule la vengeance le libérera.

— Seul un enfant ou un idiot parle de cette façon. Les seigneurs prennent des fous pour les divertir, des erreurs de la nature qui rient de la mort de l'ennemi, de la maladresse de l'être aimé. Tu es aussi vide qu'un bouffon un soir de victoire. Je croyais que tes larmes d'amour pour elle avaient nettoyé tes yeux. Comme tu m'as faillie, moi qui n'ai jamais cessé de t'aimer.

— Tais-toi, femme, garde ta place de femme... »

L'homme se servit un bol de nouilles de riz. Il le consomma bruyamment, aspirant les nouilles, les fourrant dans sa bouche du bout des doigts.

« Et moi, as-tu pensé à ce que je voulais ne serait-ce qu'un instant ?

— Je ne t'aime pas, Keiji. Tu es comme ma sœur, tu es là quand j'ai froid, tu es là quand j'ai faim, tu es là quand j'ai envie d'une femme, tu es là quand j'ai besoin d'être soigné. Tu es toujours là.

— N'est-ce pas le rôle principal d'une épouse... d'être là ?

— Un homme qui veut se venger ne peut avoir d'épouse. Quand je te fais l'amour, c'est d'une femme que j'ai envie, ce n'est pas de toi. Nul ne peut vous trahir si vous êtes sans fidèle. »

Keiji acquiesça, se leva, ramassa un morceau de bois près du foyer et, tout en lui souriant, le frappa de toutes ses forces à la tête, lui ouvrant le front sur un doigt de longueur.

L'homme partit le lendemain, habillé avec les vêtements de coton qu'elle lui avait cousus, le front gonflé, la plaie désinfectée. Aussi malheureuse qu'elle pût l'être, Keiji n'était pas du genre à laisser partir l'être aimé avec le visage lourd d'infection. Quand elle se réveilla, espérant qu'il serait là pour lui faire l'amour — s'il était un domaine dans lequel il excellât, c'était bien celui-là —, elle ne le trouva pas.

Elle ouvrit sa boîte à secrets et prit dedans un des empennages qu'elle avait récupérés, un morceau d'une de ces flèches qui auraient dû tuer l'homme qu'elle avait tatoué, l'homme qui aima Masuji.

Dès le premier jour, elle avait reconnu sur cet empennage les couleurs d'Ayashi, son ancien seigneur et maître. Tout le monde dans la région connaissait l'histoire de sa fille Masuji, mais la plupart des gens supposaient qu'il ne s'agissait que d'un racontar sans fondement. Keiji connaissait parfaitement la part de vérité et la part de légende, pourtant elle aurait aimé que l'homme lui racontât cette histoire de son point de vue. Car rien n'est plus beau qu'une histoire d'amour racontée par l'un des amants, même si elle finit mal. Et il en est ainsi de toutes les histoires d'amour.

Dehors, malgré le froid, Keiji s'approcha de son buffle pour lui conter la légende de l'homme qui aima Masuji. Elle n'avait personne d'autre à qui raconter cette tragédie dans laquelle elle avait désormais sa place.

« Il y a quelques années, annonça-t-elle à l'animal impassible, dix ans peut-être, deux enfants qui avaient passé toute leur jeune existence ensemble découvrirent qu'ils s'aimaient, d'un amour plus solide que l'acier, plus clair que l'eau qui jaillit d'un rocher, plus beau que toutes les étoiles du ciel. Ils n'avaient que quinze ans, ils étaient jeunes et innocents comme des papillons dans le vent. Et seuls les dieux savent comment leurs corps se joignirent, trouvèrent chemin à travers toute cette jeunesse et toute cette innocence, libérant une sève qui n'attendait qu'à être libérée. Une nuit, sous une lune ronde et lumineuse, sur les toits de la forteresse Ayashi, sur un parterre de kimonos de soie massés là pour l'occasion, le jeune homme dont l'histoire a oublié le nom, fils d'un samouraï de second rang originaire du village de Miyamoto, aima comme nulle femme ne fut honorée avant Ayashi Masuji, fille aînée du seigneur de la guerre Ayashi Okô et de la noble dame Kobe. La nuit, malgré quelques gouttes de sang versé, leur fut si favorable qu'ils conçurent un enfant.

Terrorisés l'un comme l'autre, ils décidèrent de quitter la forteresse, d'avoir cet enfant loin de l'ire d'Ayashi Okô, le vieux seigneur sanguinaire. Plusieurs mois, ils vécurent dans les bois, dans une cabane qu'ils construisirent et agrandirent sans cesse. Mais vint le jour où un marchand ambulant les dénonça pour toucher la prime promise par Ayashi. Et les samouraïs vinrent récupérer Masuji alors que le jeune homme était à la chasse. Les samouraïs firent monter Masuji à cheval et, sur le chemin du retour, la terre trembla, s'ouvrit, avalant la jeune femme et l'enfant lové dans son ventre comme prêt à éclater.

Au même moment un arbre s'abattit sur le jeune homme, une branche morte lui traversa le corps de part en part, juste à côté du cœur. Noyé de souffrance, il supplia les dieux. Il ne voulait qu'une seule chose avant de mourir : voir son enfant naître. Il les supplia encore et encore, leur promettant de les servir à jamais, car nul ne pouvait rêver meilleur serviteur.

Le marchand ambulant, rongé par le chagrin et les remords, partit à la recherche du jeune homme, le délivra et le soigna sans jamais lui dire ce qui était arrivé à Masuji. Il lui mentit jusqu'à ce que le jeune homme soit définitivement sauvé, puis il lui raconta la vérité.

La légende dit que le jeune homme tua le marchand et se mit en quête. La légende dit que les dieux lui accorderont vengeance, sans rien préciser de plus. »

Keiji se mit en route, sans doute parce que le buffle n'avait guère réagi à son histoire si triste. Elle rattrapa l'homme qu'elle avait tatoué alors qu'il se trouvait à moins d'une journée de marche de la forteresse Ayashi. Elle le gifla de toutes ses forces, puis se jeta à ses pieds, pleurante et tremblante.

« Va jusqu'au bout, prends ma vie, oblige-moi à te précéder dans la mort, puisque de toute façon c'est ce qui nous attend tous.

— Tu as une maison, un buffle, une truie, une rizière, un don des dieux pour l'amour et les tatouages. D'autres hommes viendront.

— Je sais qui tu es. Je le sais car tu me l'as dit. Un seul homme au monde eut le privilège d'aimer la céleste Ayashi Masuji. Aime-moi comme tu l'as aimée. Je ne te demande qu'une chose. Celle-là.

— C'est impossible. J'ai essayé. C'était facile, tu lui ressembles tellement, tes seins sont comme les siens, ton sexe a la même odeur, le même goût au bout de ma langue affamée. Mais qu'importent les étoiles qui nous observent, le temps que l'on prend, la fougue, la connaissance du corps de l'autre, les sourires... Je suis toujours déçu.

— Uniquement parce que c'est ce que tu veux. Parce que ça te rassure... »

Keiji se leva et sortit de ses vêtements un magnifique katana.

« Un homme est venu juste avant toi. Il cher-

261

chait un tatouage pour atténuer la laideur de sa main brûlée. Il avait ce katana pour seule possession. Il m'a dit que dans certaines mains cette arme était maudite et que dans d'autres elle devenait magique, puissante. Il m'a dit qu'elle brûlait de façon atroce ceux qui n'avaient aucune bonne raison de l'utiliser. J'ai tatoué sa main brûlée, plusieurs jours durant. Pour me payer, il m'a offert le katana, en utilisant un linge épais afin de pouvoir le manipuler. J'ai saisi l'arme sans utiliser de linge et celle-ci ne m'a pas brûlé la main. »

L'homme qui aima Masuji tendit la main vers l'arme, ferma les yeux et la saisit sans être blessé.

« Si tu fais ce choix-là, tu ne sauras jamais ce que tu perds, lui dit-elle, ne vivant qu'avec le souvenir de ce que tu as perdu et que rien ne peut te rendre. Il n'est aucune vengeance qui ne déshonore l'amour perdu... Va, homme, va mourir car tu n'as pas le courage d'affronter la vie... Réfléchis à ce que je te dis !

— C'est tout réfléchi. J'attends ce moment depuis dix ans... La dernière fois, j'ai tué plus de vingt de ses samouraïs avant de tomber sous leurs flèches.

— C'était pour y renoncer... Ne comprends-tu pas, les dieux t'ont laissé en vie pour que tu renonces à te venger... Pour que tu m'aimes. Si j'attendais un enfant de toi, irais-tu quand même ?

— Oui.

— Va-t'en, sale chien ! Je ne peux supporter davantage la vue d'un homme si lâche, à qui j'ai tout donné et qui ne m'a jamais remerciée... Tu es l'homme qui aima Masuji, tu n'es que cela, un fantôme, puisqu'elle est morte et votre enfant avec... »

Alors Keiji, larme de tristesse dans un océan de regrets et de non-dits, laissa s'éloigner celui à qui les dieux avaient donné une seconde chance, non pas pour se venger, mais pour aimer à nouveau.

« Tu vas marcher vers cette forteresse et tu n'y arriveras jamais ! On te retrouvera dans un fossé, treize fleurs de sang sur ton corps raide ! »

Alors que l'homme qui aima Masuji s'apprêtait à disparaître de l'autre côté de la colline, Keiji pensa aux treize fleurs de sang qui n'allaient pas tarder à le terrasser. Terrasser cet homme qu'elle aimait. Le seul qu'elle ait jamais aimé.

8

« La légende ne dit pas s'il a réussi ou non à se venger », précisa Isheido qui voyait bien que j'en attendais plus.

« Mais l'histoire nous l'apprend d'une autre façon, lui dis-je. Le clan Ayashi a disparu il y a plus de cent ans, dans un tremblement de terre. Maintenant je comprends mieux comment un séisme peut mettre fin à un clan. Il lui suffit de porter le nom de Miyamoto Musashi.

— Votre maître aurait alors quelque chose comme cent trente ans.

— Ça expliquerait bien des choses, sa façon particulière de dire : *j'arpente ma voie et nulle autre.* J'ai vu un magicien voler et lancer des éclairs. J'ai vu Musashi sculpter des vagues, du sang, frapper plus vite qu'il n'est possible de le faire. Le monde dans lequel nous vivons est plein de magie. Son katana sert le dessein des dieux et son tatouage lui confère l'immortalité. Voilà son secret. Je porterai ce tatouage comme on porte un kimono et je n'aurai pas besoin d'encre de Shô pour vivre à jamais. »

Face à ma détermination, Isheido grimaça.

Après notre mariage sur une jonque au large du domaine, Isheido et moi passâmes deux années de pur bonheur dans la nouvelle forteresse Nakamura. À la fin de la première de ces deux années, elle me donna un fils, Ito.

Je passai la seconde année à m'occuper de mon fils, contrairement à mon père qui ne s'était presque jamais soucié de moi. Je n'hésitais pas à le changer malgré la désapprobation des servantes d'Isheido et je lui parlais beaucoup, de tout.

J'avais touché le bonheur. Et le bonheur m'avait touché à un point tel que j'en avais oublié l'existence de celui qui avait été mon maître. Sa voix avait même cessé de me hanter.

Et puis l'Impératrice-Fille me manda à Edo, où elle me confia une nouvelle mission en craignant que ma paternité ne la prive de mes services.

« Je suis tenté de refuser, lui avouai-je.

— Si tu réussis cette mission, je ferai de toi le Shôgun. Mon père est d'accord. »

Une voix que l'Impératrice ne sembla pas entendre me fit sursauter : *Tu ne le mérites pas, jeune Mikédi. Tu ne l'as jamais mérité.*

« Quelle est la mission ? demandai-je en essayant de rester impassible.

— As-tu entendu parler de Kun Sahn ? »

Je souris.

« Le pirate... oui. On le dit immortel et invincible.

— Je veux que tu mettes fin à ses agissements, peu importe les moyens que tu utiliseras. Quand cette charogne se contentait de piller des villes de Corée et d'avoir la mainmise sur le commerce de l'opium venu de l'Empire de Qin, je pouvais tolérer sa présence sur son île de Sawadi, au nord d'Hokkaidô ; mais depuis peu, il s'attaque à des commerçants des Poissons-Chats et nuit grandement à l'économie d'Hokkaïdô en coupant des voies maritimes plus vieilles que l'Empire. Rapporte-moi sa tête. Tout ce que tu trouveras sur l'île sera pour ton clan. Et on dit le trésor de Kun Sahn d'une richesse incomparable. »

Avec plus de la moitié des bateaux de guerre de la marine impériale, je mis en place un blocus tout autour de l'île de Sawadi, à la naissance de l'hiver. Et, jour après jour, je serrai les mailles du filet, empêchant Kun Sahn de se ravitailler, l'obligeant à consommer toutes ses réserves de riz, puis ses bêtes.

Plusieurs fois, il tenta de briser mon blocus, mais mes canons envoyèrent ses vaisseaux par le fond.

Je lui proposai de se rendre, mais il refusa.

Le mariage m'avait appris à être patient et, au plus fort de l'hiver, alors que la mer charriait des blocs de glace venus du nord, je fis donner l'assaut. Mes troupes mirent l'île à feu et à sang et, après les avoir rejointes, j'accordai à Kun Sahn le duel qu'il me réclama.

Entourés par mes samouraïs qui avaient l'ordre de laisser partir Kun Sahn vivant si la victoire lui souriait, nous engageâmes le combat. Je me battais avec un sabre et un wakizashi, lui avec une arme ressemblant à un fléau, une masse et un épieu liés par une chaîne longue d'une coudée et demie.

C'était un géant ; il semblait deux fois plus large que moi. Il faisait tourner la masse au-dessus de sa tête à une vitesse suffisante pour me décapiter s'il venait à me toucher. J'attaquai à plusieurs reprises et sauvai ma vie de peu à chaque fois, le plus souvent en esquivant d'un cheveu sa contre-attaque. L'adversaire me semblait de plus en plus redoutable au fur et à mesure que le combat s'éternisait. J'échouais à le blesser et pensais à Isheido, à mon fils Ito que je risquais de ne plus jamais revoir à cause de mon manque d'humilité.

Cette idée me mit dans une colère de soufrière rugissante. J'attaquai avec rage et réussis à blesser Kun Sahn au bras. Suite à quoi il me blessa au flanc. Puis nous reprîmes notre rythme d'attaques et de contre-attaques stériles.

« Nous allons y passer la nuit », dis-je à Kun Sahn qui semblait incapable de me tuer, tout comme j'étais incapable de le tuer.

« Tu te bats bien... Que proposes-tu, Démon ?

— Pierre, feuille, puits, ciseaux...

— Un duel d'enfants ?

— Pourquoi pas », lui dis-je en souriant.

Ma proposition le fit rire aux éclats et l'instant suivant mon sabre tranchait son cou. Je me tournai alors vers ma garde prétorienne impassible et leur fit promettre de m'empêcher de me battre en duel à l'avenir.

La salle des trésors de Kun Sahn — une immense grotte naturelle — contenait plus de richesses que je n'en avais vu de toute ma vie. Il y avait là des bijoux, des armes, des œuvres d'art diverses, des armures, des antiquités originaires des Poissons-Chats, du Continent-Éléphant, mais aussi du grand Continent Noir et d'Europe.

Mes samouraïs n'en revenaient pas. Nous allumâmes des torches et je les autorisai à prendre chacun trois objets de leur choix, à condition qu'ils me les montrent auparavant et que je donne mon accord. Je n'avais pas l'intention de les brimer, mais si l'un d'eux trouvait dans ce fatras quelque chose d'exceptionnel, je voulais avoir la possibilité de le garder pour moi.

Ils passèrent les uns après les autres avec trois objets que je leur laissai ; c'était des bijoux pour la plupart. L'un d'eux, plus malin que les autres, demanda la permission de prendre trois coffrets à bijoux pleins à ras bord. Je l'y autorisai pour rendre hommage à son audace et les autres manquèrent de le mettre en pièces. Et, alors que je cherchais un cadeau d'exception pour Isheido, un de mes hommes cria. Un hurlement de douleur qui provenait du fond de la grotte. Curieux et inquiet, je me précipitai.

La main de mon samouraï était horriblement brûlée. À terre, à ses pieds, se trouvait un wakizashi dont le fourreau était décoré par un papillon prêt à s'envoler, aux ailes grandes ouvertes, celui-là même que mon maître avait cherché pendant des années.

« Reculez ! Reculez ! »

Je pris un linge épais et saisis le wakizashi que je mis dans une boîte en acajou après l'avoir longuement contemplé. L'heure de ma vengeance venait de sonner.

Tu ne le mérites pas, jeune Mikédi. Tu ne l'as jamais mérité.

« Oh si », répondis-je à la voix qui me hantait depuis trop longtemps.

9

Après ma victoire sur Kun Sahn, je demandai quelques mois de repos à l'Impératrice-Fille pour m'occuper d'une affaire personnelle. J'avais fait livrer trois coffres de bijoux à ses pieds, plusieurs koto de grande qualité et elle m'accorda sans mal ce que je venais de lui demander.

J'étais en possession du wakizashi du Daïshô Papillon et je connaissais le secret de celui qui avait été mon maître. J'avais donc deux bonnes raisons pour le retrouver et faire cesser mes cauchemars.

Je n'eus aucun mal à retrouver sa trace. Il vivait en ermite dans une grotte de la région de Nagano, dans laquelle il se faisait livrer régulièrement des encres, des pinceaux et du papier. Là, il exerçait parfois le métier respecté de chirurgien.

Accompagné par ma garde prétorienne, je pris la route au printemps naissant, et arrivai bien avant la fin de l'été. La région, bordée de hautes montagnes, était magnifique, une des plus belles qu'il m'ait été donné de voir, avec ses forêts profondes et généreuses, ses rivières vacarmantes et leurs cascades de lumière, ses pics enneigés comme autant de crocs.

Arrivé à l'entrée de la grotte que gardait Samlo, l'enfant à la main gauche malformée, j'ordonnai à mes samouraïs de m'attendre à cent pas de là, près de la rivière.

Samlo, assis sur un rocher, n'avait pas semblé surpris de me voir. Quelqu'un avait dû le prévenir de ma venue. Il avait dix-huit ans maintenant et portait à la ceinture le katana de mon maître. J'essayai de ne pas paraître étonné et le laissai me guider jusqu'à Musashi. Durant la progression à travers la grotte aux parois glissantes d'humidité, Samlo ne dit rien, pas un mot. Puis il me laissa en compagnie de celui qui avait été mon maître.

En onze années à peine, le guerrier au regard de charbon était devenu un faible vieillard aux cheveux blancs, à la peau ridée comme un fruit oublié sur sa branche. Il accusait enfin ses cent trente années passées sur terre et me reçut avec une tasse de thé.

« J'ai beaucoup entendu parler de vous ces dernières années, Seigneur Nakamura Oni Mikédi. Vous êtes devenu un puissant parmi les puissants.

— Ainsi qu'un époux et un père. »

Il acquiesça après avoir bu une gorgée de thé. Sa voix était usée, rocailleuse. Derrière celui qui avait été mon maître et qui ne me considérait visiblement plus comme son élève, je vis, calligraphiés sur deux feuilles différentes, les quatre enseignements principaux du Bouddha et la roue de l'Octuple Sentier :

« La vie est assujettie à la souffrance. »

« La souffrance est causée par les désirs. »

« Renoncer aux désirs entraîne donc l'arrêt de la souffrance. »

« Pour y parvenir, il suffit de renoncer au monde, de se détacher de soi et de suivre l'Octuple Sentier : compréhension juste, intention juste, parole juste, action juste, mode de vie juste, effort juste, conscience juste, concentration juste. »

Une roue à huit rayons, représentation parfaite de la justice véritable.

« Qu'est-ce qu'un puissant comme vous vient faire dans une humble grotte comme celle-ci ? » me demanda Musashi.

Je posai devant lui la boîte d'acajou contenant le wakizashi qu'il avait tant cherché, durant des années. Il l'ouvrit. L'arme était enveloppée dans un rectangle de soie noire. Il la regarda un instant, puis s'en désintéressa.

« Il y a bien longtemps que j'ai quitté la Voie du Sabre, me dit-il. Ce jour où j'ai refusé de te tuer alors que tu avais violenté plusieurs femmes. J'arpente maintenant les voies parallèles de la sagesse, du pardon et de la vieillesse. J'ai compris les mots du Bouddha, des mots qui ne peuvent être compris par le sang jeune, toujours enclin à bouillir. Je n'ai plus besoin d'armes désormais. J'ai consacré ces dernières années à l'écriture, à la calligraphie, au dessin et à la chirurgie. J'ai formé Samlo avec tout mon cœur, essayant de ne pas répéter les erreurs que j'avais faites avec vous, Seigneur Nakamura, du temps où vous étiez enfant, adolescent puis général. Je crois avoir réussi.

— Je connais votre secret. »

Cela le fit rire.

« ... Bien sûr ! Contre un jeton gravé, Dame Nô vous a montré où chercher et vous avez trouvé quelqu'un, un lettré, pour vous parler de Masuji et de celle qui me tatoua, Keiji, sa sœur jumelle.

— Ma femme, Isheido, ma femme m'a raconté la légende de l'homme qui aima Masuji. Vous vous appeliez Takezô et vous avez changé, pour un prénom proche de celui de l'être aimé. »

Musashi referma la boîte et la repoussa vers moi.

« Donnez-le à Samlo.

— Vous n'en voulez pas !

— Non. Le général Mikuri est le dernier homme que j'ai tué et je n'ai plus besoin d'armes depuis ce jour.

— Vous me hantez !

— Vous vous hantez tout seul, Seigneur Nakamura.

— Non, je sais que c'est faux. Vous êtes le démon, pas moi... Vous croyez que ces onze dernières années où vous n'avez pas tué vous absolvent de celles où vous avez massacré encore et encore ? »

Musashi se servit une autre tasse de thé :

« Avez-vous trouvé votre voie, Seigneur Nakamura ? »

Oui, la Voie de la Vengeance, pour que la voix dans ma tête cesse de me torturer.

« Je crois.

— Alors, fais ce que tu as à faire et fais-le vite, Démon...

— Quoi ?

— Tu sais très bien de quoi je parle, Démon. »

Une larme me vint à l'œil. Évidemment je le savais...

Mon sabre siffla, tranchant la tête de celui qui avait été mon maître. Je me dressai sur mes deux jambes et commençai à sculpter le sang qui giclait. Ma lame frappa et frappa encore, figeant dans l'air glacé de la grotte l'idéogramme chinois « ki », celui du pouvoir. Le dessin flotta quelques instants au-dessus du corps de mon maître et se transforma en pluie rouge.

Je fermai les yeux quelques instants. Jamais je n'aurais cru que cela pût être si simple. Je m'étais préparé à livrer un duel redoutable et il m'avait vaincu en refusant de se battre. J'ouvris son kimono pour regarder le tatouage qui lui avait conféré jusque-là son immortalité. Lentement le dessin se modifiait, il n'y avait plus que Masuji sur sa poitrine, Masuji souriante qui s'effaçait, diminuait peu à peu, rejointe par le jeune Musashi qui apparaissait lentement. J'entendis un murmure : « Takezô. » Sur la peau ridée, Musashi prit la jeune femme dans ses bras et me la tendit en me disant : « Merci. »

Puis ils me tournèrent le dos et Musashi, cheminant avec Masuji dans ses bras, disparut au fin fond de la peau. Une vieille peau tachée de sang. Morte.

Plus de cent ans après la mort de Masuji, il venait de la retrouver, grâce à moi.

Quand je sortis de la grotte, Samlo m'attendait sabre à la main. Ma garde prétorienne se trouvait non loin, éparpillée entre les arbres.

Je jetai un coup d'œil à Samlo et lui lançai la boîte contenant le wakizashi. Il l'attrapa sans mal, l'ouvrit et glissa l'arme dans la ceinture de son kimono.

« Il m'a demandé de te le donner.

— Il savait que vous finiriez par venir, Seigneur Nakamura, il m'a fait jurer de ne pas intervenir tant que vous ne m'attaqueriez pas.

— Montre-moi ta main gauche. »

Il me montra sa main et je vis que Musashi le chirurgien avait fait des merveilles, la main de Samlo n'était pas belle à regarder, mais elle était bien moins difforme que dans mon souvenir.

« Puis-je vous demander, Seigneur Nakamura Oni Mikédi, d'engager le combat avec moi ?

— Musashi voulait que tu vives, pas que tu meures...

— Je voulais qu'il vive, pas que vous le tuiez.

— N'as-tu rien compris ? S'il ne m'a pas tué il y a plus de dix ans de cela, c'est parce qu'il savait qu'un jour je le délivrerais de l'immortalité et lui rendrais Masuji. Il a rejoint Masuji, Samlo. Il est de nouveau avec elle et il est de nouveau heureux après plus de cent quinze ans à errer sans connaître le bonheur.

— Non, je refuse de croire ça ! Tout démon que vous êtes, Seigneur Nakamura Oni Mikédi, je vais vous trancher en deux.

« — Si tel est ton désir. »

Je retirai mon masque de mon dos et l'enfilai. Je me mis en garde. Mes samouraïs à qui j'avais fait jurer de ne plus jamais me laisser livrer un duel seul se joignirent à moi.

Samlo se dressa sur son rocher. Il se jeta dans un saut périlleux avant et attaqua à une vitesse foudroyante, m'entamant la cuisse, tranchant la lanière de mon masque et une bonne partie de mon oreille gauche. Puis il tua deux de mes samouraïs avant de se mettre en garde.

« Il t'a enseigné ce qui ne pouvait être enseigné ! » hurlai-je, broyé par la douleur et la colère. « Son pouvoir provenait de son tatouage magique et...

— Non, décidément le démon est bien ignorant. Son pouvoir provenait de la compréhension qu'il avait des lois qui régissent l'univers spirituel et l'univers matériel. Vous n'avez jamais écouté, Démon, trop pressé d'arriver à Edo, de devenir un puissant, la putain guerrière de l'Impératrice-Fille.

— Les puissants ont des privilèges ! »

Tous mes samouraïs chargèrent en hurlant, moi à leur tête. Samlo résista autant que possible contre ma garde rapprochée qu'il anéantit presque. Mais, encerclé, blessé à de nombreuses reprises, le jeune infirme ne tarda pas à montrer les premiers signes de faiblesse ; ses attaques devinrent moins précises. Son souffle se raccourcit. Son sang s'échappait de son corps blessé à maints endroits, et bientôt il fut à bout de forces, voûté, couvert d'estafilades de la tête aux pieds.

Il posa un genou à terre, tout en levant son sabre à l'horizontale au-dessus de sa tête.

Je demandai alors aux rares samouraïs qui avaient survécu à l'affrontement de reculer pour le laisser respirer. Samlo s'appuyait maintenant sur son katana planté dans le sol. Je tendis la main vers lui et il essaya de la trancher. Je déviai son coup et lui arrachai son katana des mains.

« Rejoins-moi, Samlo, je ferai de toi un seigneur de la guerre dont on parlera encore dans mille ans. »

Il rit aux éclats : « C'est de Miyamoto Musashi et de sa mort indigne dont on parlera encore dans mille ans ! Dommage que je n'aie pas de poison sous la main. »

Sourire aux lèvres, il saisit le wakizashi qu'il avait glissé dans la ceinture de son kimono. Avant que je n'aie pu faire quoi que ce soit, il s'entailla le ventre en croix, faisant jaillir de l'immense plaie les circonvolutions violacées de ses entrailles. Pris de convulsions, il agonisait dans une souffrance à nulle autre pareille. Comme Musashi l'avait fait pour Kaitsu, je tranchai sa tête sans faillir.

Je détournai les yeux et ordonnai qu'on récupère ses armes avec la plus grande précaution, ainsi que tous les écrits et tous les dessins de celui qui avait été mon maître.

« Portez tout ça à Isheido.

— Et vous, Seigneur ?

— Laissez-moi. C'est un ordre. »

Je m'assis sur le rocher d'où Samlo avait guetté ma venue.

« J'ai un récit à commencer et à achever, annonçai-je autant à la forêt alentour qu'à mes samouraïs et à moi-même.

— Et après, Seigneur ?

— Toute chose vient du néant et y retourne un jour. Va, samouraï ! Et ne te retourne pas, sous aucun prétexte. Va dire à Isheido combien je l'aime, elle et mon fils Ito. »

Une fois mes samouraïs hors de vue, je compris que ma vengeance ne m'avait mené nulle part — mais de quoi m'étais-je vengé ? Même maintenant je ne sais pas réellement. Ma vengeance était grotesque, comme le masque que je m'étais amusé à porter chaque fois que j'avais livré combat et en bien d'autres occasions.

Plus tard, après avoir pris conscience de la nature exacte de mes crimes, je préparai le bûcher qui devait emporter mon maître et le jeune Samlo qui avait réussi là où j'avais échoué. Assis sur un rocher à deux pas du bûcher, étouffé par sa puanteur et sa chaleur, je compris peu à peu, flamme après flamme, l'enchaînement des événements qui m'avaient amené ici, dans la région de Nagano.

Toute la nuit durant, mon récit prit forme dans ma tête. Je savais comment le commencer, ce que je devais écrire et omettre. Puis je pris la décision de ne rien omettre.

Maintenant, il est grand temps d'achever ce qui est à la fois le témoignage de mon échec et mon testament pour les générations qui viendront après la mienne.

Épilogue

Mon maître n'est plus, livré au néant qui m'attend moi aussi.

Je l'ai tué et je l'ai ainsi rendu à Masuji. Mal et bien se sont mélangés, comme ils se mélangent depuis la nuit des temps. Dans ma vie prenant fin, il n'y a ni noir ni blanc, rien que du gris.

Dans quelques instants, je serai à mon tour devenu une légende : les hommes se souviendront de moi comme du fourbe et de l'ambitieux qui tua son ancien maître pour ne pas avoir à l'aimer tel le père qu'il avait été. Dans les textes qui seront écrits à ce sujet, les contes qui rythmeront la vie des femmes, des enfants et des hommes à venir, je deviendrai un démon, visage rouge, œil crevé, cornes dressées vers la mort et son ciel couleur de cendres. Mais la vérité est autre ; je suis né innocent comme le sont tous les bébés, puis les garçonnets, comme l'est mon fils Ito. Seuls la soif de pouvoir et le manque d'humilité qui l'accompagne m'ont pris un œil avant de m'aveugler, me faisant quitter ce qu'on appelle l'humanité.

Chaque histoire, même la plus insignifiante, chaque conte a sa morale, qu'il y soit question d'hommes ou de crapauds, de femmes ou de renards. Mon histoire n'y échappe pas : le pouvoir doit être donné à ceux qui l'ont toujours refusé et non à ceux qui n'ont eu de cesse de le chercher. *Nous avons tous été aveuglés un jour, un mois et, pour certains, des années. Musashi fut aveuglé par la puissance de l'amour perdu, la mort de l'adolescente Masuji... et cette cécité passagère le poussa à se venger. Il massacra un clan complet : le clan Ayashi ; puis, sans doute pris de remords, il se mit au service de ce qu'il croyait juste avant de comprendre ce qu'est la véritable justice, celle du Bouddha, celle de l'Octuple Sentier.*

Pour ma part, je fus aveuglé par la volonté de réussir là où mon père avait échoué, et je me souviens du jour précis où tout a commencé, de l'instant particulier où ma vie a basculé. Je me souviens de ce simple geste : une main serrée avec force et détermination sur le poignet de la tisserande Akiko, sur les îles de Kido, alors que je n'avais que douze ans et que je voulais qu'elle réponde à une de mes questions.

Toutes les tragédies commencent par un geste de ce genre.

Demain, l'un sera devenu bel et bien un homme juste, malgré toutes les vies qu'il a volées. Et l'autre n'existera plus que sous la forme d'un démon, même pour son fils. Tout ça à cause d'une seule vie dérobée — celle de l'homme qui devait le former comme on taille dans la gangue afin d'en libérer le diamant.

Je regarde le poison rouge dans lequel s'emprisonne et vacille la flamme de ma bougie. Une dose mortelle, toujours prisonnière de sa petite bouteille... C'est dans la dernière demeure de mon maître que j'achève le troisième et dernier rouleau de mon récit ; il m'a fallu un mois pour tout coucher par écrit. Je regarde le poison et le poison me regarde. Dans cette encre de Shô promise à ma bouche, à mon estomac et à mes intestins, je ne distingue que les flammes qui emportèrent mon maître vers le ciel, branches amassées sous son corps vierge de tout tatouage, son élève Samlo allongé à ses côtés. Ce que je vois n'a rien d'un cadavre, ou même d'un vieil homme gisant en sa dernière demeure ; je vois une légende qui perdurera à jamais, comme un diamant parfait, incendié et serti sous l'horizon.

ANNEXES

LEXIQUE

Ashigaru : troupe paysanne, littéralement « pieds légers ».

Bushidô : « la Voie du Guerrier », code d'honneur des samouraïs.

Daïshô : littéralement le grand et le petit, se dit d'une paire *katana*/*wakizashi* (voir ces mots), portée par les samouraïs qui en étaient les seuls dignes.

Daïto : sabre long (110-120 cm).

Fugu : nom général donné aux poissons-lunes (tétraodontidés) dont les Japonais raffolent. Les ovaires et le foie de ce poisson contiennent un poison mortel. La consommation d'un poisson mal préparé peut entraîner la mort.

Haïdate : pièce d'armure du samouraï.

Hora (-gai) : conques marines utilisées dans les cérémonies bouddhiques et comme attribut de certaines divinités.

Kabuto : casque du samouraï.

Kana : caractères d'écriture phonétique du japonais, créés au début du IXe siècle.

Katana : sabre courant (90 cm environ).

Kenjutsu : à l'époque du *bakufu* d'Edo (1603-1868) — *bakufu* désignant un type de régime politique propre au Japon —, le sabre est par excellence le symbole des guerriers. Ils le pratiquent sous des appellations telles que *gekiken*, *kenjutsu*. J'ai choisi d'utiliser le terme *kenjutsu* car c'est celui qui se rapproche le plus du terme moderne *kendô*. Dans les règles de l'art les attaques sont accompagnées d'un cri (appelé *kiai*) qui indique la partie du corps visée. Au Japon, Naganuma Shirôzaemon est considéré comme le lointain fondateur du *kendô*, puisqu'il fut le premier à introduire les armures de protection qui ont rendu ce sport identifiable au premier coup d'œil.

Koku : unité de référence déterminant la richesse d'un propriétaire terrien, 180 litres environ, il s'agit de la quantité de riz nécessaire à la subsistance d'un homme pendant un an.

Koto : cithare japonaise longue d'environ 1,90 m, taillée dans un bois de paulownia (Kiri no ki). Son nombre de cordes a varié depuis son apparition. Les koto modernes possèdent treize cordes de soie.

Kyûdô : « Voie de l'Arc », art du tir à l'arc traditionnel, élaboré pendant la période d'Edo pour remplacer l'art du tir à l'arc martial, le Kyû-jutsu.

Metsuke : police secrète, littéralement « les yeux voyant tout ».

Naginata : lance à longue lame courbe.

Ôban : monnaie en or, valant dix ryô (petite pièce d'or).

Nô : abréviation de Sarugaku no Nô, forme aristocratique de spectacle chanté et dansé. Il fut créé aux XIVe et XVe siècles par Kan-ami et son fils Ze-ami pour le shôgun Ashikaga Yoshimitsu.

Oni : masque de Nô (voir ce mot) représentant un démon cornu à face rouge.

Rônin : samouraï privé de maître, littéralement « homme mis à l'écart ».

Royaume du miilion d'éléphants : ancien nom du Laos.

Sakaki : arbre sauvage de la famille des théiers.

Sashimono : étendards portés au dos de l'armure.

Seppuku : (ou encore *kappuku* ou *jijin*, mais pas *hara-kiri*, qui s'est répandu en Occident mais qui provient de la lecture japonaise des caractères du terme sino-japonais *seppuku*), il s'agit du suicide par le sabre, le plus noble qui soit dans la culture japonaise. Jusqu'au XVIᵉ siècle le seppuku s'effectue principalement dans trois situations : (a) à la suite d'une sanction, (b) pour reconnaître et laver une faute, (c) pour manifester un reproche envers son supérieur. Le suicide se pratique par l'ouverture du ventre horizontalement, de biais ou en croix pour que les viscères — signe de sincérité — soient visibles. La mort étant très douloureuse, et la douleur n'étant pas le but de l'acte, il est accepté qu'une personne de confiance décapite le suicidé ou que celui-ci, s'il en a la force, se tranche la carotide.

Shôgun : chef des armées, c'est probablement le personnage le plus important de l'Empire après l'Empereur.

Soroban : abaque japonais, plus connu sous le nom imagé de *boulier-compteur*.

Sumôtori : lutteurs de sumô.

Tantô : dague se présentant comme un sabre très court (30 cm), les *tantô* à lame large furent parfois surnommés *hôchô* (couteau de cuisine).

Tatebana : c'est ainsi que les Japonais appelaient l'art de la composition florale avant le XVIIIᵉ siècle, période où apparaît le terme *ikebana*. En fait, les deux termes ne désignent pas tout à fait la même chose. Dans l'*ikebana* entre en ligne de compte une certaine philosophie du dépouillement, de la cohérence, les compositions florales se présentent traditionnellement dans des vases brisés, on y inclut des branches mortes, il s'agit donc d'un prolongement extrême du *tatebana*, art de la préparation des bouquets, moins exigeant, moins rigide.

Tengu : démon du panthéon japonais, équivalent (lointain) du diablotin ou de l'incube dans les panthéons occidentaux.

Torii : ce sont ces grands portails décorés que l'on voit dans les temples et les jardins.

Tsuba : pièce de ferronnerie décorée qui, interposée entre la lame des sabres et leur poignée, faisait office de garde. Le Japon compte nombre de collectionneurs de *tsuba* dont les prix peuvent atteindre des sommets (comme tout et n'importe quoi au Japon).

Wakizashi : sabre très court.

(Étant donné qu'il s'agit de traductions du japonais phonétique vers les langues occidentales, il est possible de trouver les mêmes termes avec des orthographes légèrement différentes, notamment dans les publications anglo-saxonnes.)

BIBLIOGRAPHIE COMMENTÉE

Ne sont consignés ici que les livres que j'ai grandement consultés/utilisés/détournés pour la rédaction de *La Voie du Sabre*. Ces ouvrages ont été classés par mini-catégories afin de rendre le tout plus digeste.

1. Œuvres de Miyamoto Musashi ou le concernant

MIYAMOTO MUSASHI, *Le livre des cinq anneaux* (*Gorin-No-Sho*, essai traduit, probablement de l'anglais, par Michel Random), Belfond, Paris, 1982.

KENJI TOKITSU, *Miyamoto Musashi, maître japonais du XVIIᵉ siècle*, Éditions DésIris, Méolans-Revel, 1998.
• On trouvera dans ce livre trois grandes parties :
a) L'œuvre de Miyamoto Musashi
b) La vie de Miyamoto Musashi
c) Miyamoto Musashi et l'art martial
Le tout accompagné d'un appareil critique impressionnant : préface, notes, bibliographie, etc. Probablement le meilleur livre disponible en français.

EIJI YOSHIKAWA, *La pierre et le sabre* (*Musashi*, traduit de l'anglais par Léo Dilé), Balland, Paris, 1983.

Eiji Yoshikawa, *La parfaite lumière* (*Musashi*, traduit de l'anglais par Léo Dilé), Balland, Paris, 1983.

2. Ouvrages sur le Japon et la culture japonaise

Buisson, Dominique, *Japon papier*, Terrail, Paris, 1991.

Collectif (Michel Beurdeley, Shinobu Chujo, Motoaki Mutô, Richard Lane), *Le chant de l'oreiller : l'art d'aimer au Japon*, Bibliothèque des Arts, Paris, 1973.

Collectif, *La collection Tokugawa : le Japon des Shôgun*, musée des Beaux-Arts de Montréal, Montréal, 1989.

Collectif (dirigé par Augustin Berque), *Dictionnaire de la civilisation japonaise*, Hazan, 1994.

Collectif, *Regard sur le Japon*, Japan Travel Bureau, Tokyo, 1985.

Collectif, *Voyages en d'autres mondes, récits japonais du XVIe siècle* (traduits et commentés par Jacqueline Pigeot, Kosugi Keiko avec la collaboration de Satake Akihiro), Éditions Philippe Picquier / Bibliothèque nationale, Paris, 1993.

De Margerie, Diane, *Bestiaire insolite du Japon*, Albin Michel, Paris, 1997.

Frédéric, Louis, *Le Japon, dictionnaire et civilisation*, Robert Laffont, « Bouquins », Paris, 1996.

Frédéric, Louis et Random, Michel, *Japon*, Book-king International, Paris, 1997.

MAHUZIER, DANIELLE et YVES, *Le Japon que j'aime*, Solar, 2000.

NITSCHKE, GUNTHER, *Le jardin japonais* (traduit de l'allemand par Wolf Fruhtrunk), Taschen, Cologne, 1991.

PINGUET, MAURICE, *La mort volontaire au Japon*, Gallimard, « Tel », Paris, 1984.

RAISON, BERTRAND (texte) et BOISSONNET, FRANÇOIS (photographies), *L'empire des objets*, Éditions du May, Paris, 1989.

SHIMIZU, CHRISTINE, *L'art japonais*, Flammarion, « Tout l'art », Paris, 2001.

TURNBULL, STEPHEN R., *Les samouraïs, les seigneurs japonais de la guerre* (traduit de l'anglais par Jean-Pierre Gahide, sous la direction de Claude Saint-Germain), Bordas, Paris, 1983.

WOLF, REINHART (photographies) et TERZANI, ANGELA (texte), *Le goût du Japon* (traduit de l'allemand par Bernard Lortholary et Catherine Miel), Flammarion, Paris, 1987.

3. Ouvrages sur le bouddhisme

FOUCHER, A., *La vie du Bouddha d'après les textes et les monuments de l'Inde*, Jean Maisonneuve, Paris, 1987

RAMBACH, PIERRE, *Le Bouddha secret du tantrisme japonais*, Éditions d'art Albert Skira, Genève, 1978.

Suzuki, D.T., Fromm, Erich et De Martino, Richard, *Bouddhisme zen et psychanalyse* (*Zen Bouddhism and Psychoanalysis*, traduit de l'anglais par Théo Léger), « Quadrige », Presses Universitaires de France, Paris, 1971.

4. Livres de photographies sur le Japon

Shinzo Maeda, *Arbres et brindilles*, Taschen, Cologne, 1987.

Shinzo Maeda, *Kamikochi, les Alpes nippones*, Taschen, Cologne, 1987.

Shinzo Maeda, *Oku Mikawa*, Taschen, Cologne, 1987.

5. Divers

Akutagawa Ryûnosuke, *Rashômon et autres contes* (*Sakuhin-shu*, traduit du japonais par Armisa Mori, par ailleurs auteur de l'introduction), « Connaissance de l'Orient », Gallimard/Unesco, Paris, 1986.

Collectif, *Les contes des arts martiaux* (réunis par Pascal Fauliot, présentés par Michel Random), Albin Michel, « Spiritualité vivante », Paris, 1988.

FILMOGRAPHIE COMMENTÉE

a) La série Samourai *de Hiroshi Inagaki*

1. *Samurai I (Musashi Miyamoto)* — 1954
2. *Samurai II (Duel at Ichijoji Temple)* — 1955
3. *Samurai III (Duel at Ganryu Island)* — 1956
 • Une trilogie qui retrace une partie de la vie de Miyamoto Musashi.

b) La série Babycart *(ou* Lone Wolf and Cub, *selon les cas)*

1. *Sword of Vengeance* — de Misumi Kenji (1972)
2. *Babycart at River Styx* — de Misumi Kenji (1972)
Ces deux premiers films ont été tronçonnés et rassemblés en un seul film en 1983, *Shôgun Assassin,* dont on évitera autant que faire se peut le visionnage.
3. *Babycart to Hades* — de Misumi Kenji (1972)
4. *Babycart in Peril* — de Saito Buiichi (1972)
5. *Babycart in the lands of demons* — de Misumi Kenji (1973)

6. *White Heaven in Hell* — de Kuroda Yoshiyuki (1974)

• Bien plus que les livres de Eiji Yoshikawa, ou la trilogie de Hiroshi Inagaki avec Toshiro Mifune dans le rôle de Miyamoto Musashi, ce sont les six films de la série *Babycart* qui m'ont inspiré la dynamique des différents combats présents dans *La Voie du Sabre*. Au long de ces six films on suit le parcours d'un assassin professionnel à travers le Japon : Ogami Ito qui pousse devant lui un lourd landau dans lequel se trouve son fils, Daigoro. Ancien exécuteur officiel du shôgun, accusé à tort de trahison, Ogami Ito est poursuivi par les tueurs du clan Yagyu, qu'il se fait un honneur de mettre en pièces à chaque épisode. Cette série, crépusculaire par bien des aspects, est au film de samouraïs ce que *Impitoyable* de Clint Eastwood est au western. Incontournable, mais à ne pas mettre entre toutes les mains... les mutilations, giclées artérielles et autres scènes de torture et de viol étant monnaie courante au fil des six films.

c) Quelques films d'Akira Kurosawa mettant en scène le Japon féodal ou des samouraïs :

1. *Rashômon* — 1950
2. *Les sept samouraïs* — 1954

• La version disponible en DVD chez BFI (*Seven Samurai*) est la version la plus complète qui existe (190 minutes) ; elle bénéficie d'une image tirée d'une copie neuve. En 1960, John Sturges fit un remake de ce film sous le titre : *Les sept mercenaires*. Un autre remake existe (non avoué et c'est une honte) : *1001 pattes*, en images de synthèse et mettant en scène des insectes.

3. *Le château de l'araignée* — 1958
4. *La forteresse cachée* — 1959
5. *Ran* — 1985
• *Le Roi Lear* vu par un cinéaste au sommet de son art. Une étonnante collision entre l'esthétique du Japon féodal et la tragédie shakespearienne. À comparer avec *Le château de l'araignée*, le brillant hommage de Kurosawa à *Macbeth*.

d) *Divers*

1. *La femme tatouée* de Yoichi Takabayashi — 1982
• Un film (érotique ?) japonais où un vieux tatoueur emploie un jeune homme pour « honorer » la femme qu'il tatoue ; plongée dans les délices du coït, la belle Akane en oublie presque la douleur due aux aiguilles. Évidemment, on ne galipette pas impunément et la femme qui se fait tatouer pour faire plaisir à son petit ami Fujieda tombe amoureuse du jeune homme...
2. *La mort d'un maître de thé* de Kei Kumai — 1989
3. *Après la pluie* de Takashi Koizumi — 1999
• Un scénario d'Akira Kurosawa qui sert un film humaniste changeant complètement du film de samouraïs traditionnel, plus ou moins rempli de combats sanglants.
4. *Princesse Mononoke* de Hayao Miyazaki — 1997
5. *Tabou* de Nagisa Oshima — 1999
• Oshima invite le désir homosexuel dans le monde machiste des samouraïs. Un film très pasolinien qui montre la fin d'une époque ; le XXᵉ siècle est tout proche.

REMERCIEMENTS D'USAGE

Comme un livre n'est jamais l'œuvre d'un seul, je tiens à remercier particulièrement André-François Ruaud qui a publié une première version de ce texte dans son anthologie *Fées & Gestes* ; Yoichi Inagaki qui m'a écrit depuis son lointain pays pour m'expliquer nombre de choses sur Musashi, les assassins au Japon et la culture japonaise ; *the incredible* Ugo Bellagamba qui m'a offert plusieurs des livres cités dans la bibliographie ; Olivier Girard, toujours présent ; Yvon Girard, Sébastien Guillot et Julie Maillard pour leur confiance ; la vendeuse du magasin « Kazé, l'esprit du vent » qui, passionnée, me parlait de Musashi au lieu de s'occuper de ses clients ; l'équipe d'Album qui avait en rayon (presque) tous les DVD dont j'avais besoin (et d'autres dont j'avais *envie*) ; Sandrine Grenier pour la documentation sur la ferronnerie asiatique et tout le mal qu'elle dit de mes livres chaque fois que je la vois.

Et — *last but not least* — Pascale, pour la patience...

PS : l'auteur peut être contacté à l'adresse suivante · thomasday71@hotmail.com.

DU MÊME AUTEUR

Aux Éditions Gallimard

LA VOIE DU SABRE (Folio Science-Fiction n° 115)

Aux Éditions Denoël

RESIDENT EVIL

Aux Éditions Bifrost / Étoiles vives

SYMPATHIES FOR THE DEVIL
LES CINQ DERNIERS CONTRATS DE DAEMONE
  ERASER
L'ÉCOLE DES ASSASSINS (*en collaboration avec Ugo Bella-
  gamba*)
STAIRWAYS TO HELL

Aux Éditions Mnémos

RÊVES DE GUERRE
L'INSTINCT DE L'ÉQUARRISSEUR

Aux Éditions Baleine

NOUS RÊVIONS D'AMÉRIQUE

Composition IGS.
Impression Société Nouvelle Firmin-Didot
à Mesnil-sur-l'Estrée, le 2 juin 2004.
Dépôt légal : juin 2004.
1ᵉʳ dépôt légal : octobre 2002
Numéro d'imprimeur : 68776.

ISBN 2-07-042048-5/Imprimé en France.